iHuman

成为更好的人

一个人的鲁迅

鲁迅的最后十年

LU XUN DE ZUI HOU SHI NIAN

林贤治 著

GUANGXI NORMAL UNIVERSITY PRESS
广西师范大学出版社
·桂林·

图书在版编目（CIP）数据

鲁迅的最后十年 / 林贤治著. —桂林：广西师范大学出版社，2015.3（2021.10 重印）
（“一个人的鲁迅”系列）
ISBN 978-7-5495-5924-4

Ⅰ. ①鲁… Ⅱ. ①林… Ⅲ. ①随笔—作品集—中国—当代 Ⅳ. ①I267.1

中国版本图书馆 CIP 数据核字（2014）第 229157 号

广西师范大学出版社出版发行
（广西桂林市五里店路 9 号　邮政编码：541004
网址：http://www.bbtpress.com）
出版人：黄轩庄
全国新华书店经销
湛江南华印务有限公司印刷
（广东省湛江市霞山区绿塘路 61 号　邮政编码：524002）
开本：880 mm × 1 240 mm　1/32
印张：7.625　　字数：140 千字
2015 年 3 月第 1 版　　2021 年 10 月第 3 次印刷
印数：8 001~10 000 册　　定价：48. 00 元

目录

引　言

鲁迅死于20世纪而活在21世纪。

这是一个奇异的生命现象。然而，他并不像别的伟大人物那样，带给世间的唯是静止于历史的或一阶段的炫目的光辉；与其说，他带来的是“欣慰的纪念”、凯旋门、缤纷的花束，毋宁说是围城的缺口、断裂的盾、漫天无花的蔷薇。作为现时代的一份精神遗产，它博大，沉重，燃烧般的富于刺激，使人因深刻而受伤，痛楚，觉醒，甘于带着流血的脚踵奋力前行。

1881年鲁迅出生的年头，正好临近帝国的悬崖，是时间的断裂带。中国现代化，在民族的屈辱中蹒跚起步，许多陌生的事物，陆续出现在大队蠕动着的辫子和小脚之间。随着经济的萌动，政治改革的一次尝试——戊戌变法——旋起旋灭，蒙受血光之灾。中国向何处去？成为横亘在官员、士子和百姓面前共同的问题。

汉学家费正清用“沿海中国”和“内陆中国”的概念，阐述中国近代的两大传统。鲁迅的出生地，恰恰落在沿海中国的一个不大不小的城镇：绍兴。它是古老的，又是年轻的；它是越王报仇雪耻的故地，又是新书报最早流布的地方。在它四周，毗连大小村落，具有明显的边缘色彩。

鲁迅的大家庭过早败落，对应于古老中国的命运，很有点同构的意味。由于祖父下狱事件的牵连，他曾经在乡下度过一段短暂的“乞食者”生活。祖父被判“斩监候”，由最高统治者于顷刻间的“钦点”决定一个人的生与死，这是荒谬的，但在当时却又是天经地义的。权力的这种不测之威，使他自小便为一种无法言说的焦虑、耻辱和仇恨所抓攫。父亲的长期卧病和后来的亡故，无疑加剧了他的精神创痛，而作为长男，又不得不从中担当沉重的责任。家庭的两次变故，把他无情地推落到社会底层；从小康而入困顿，终致自我放逐，远走异乡，“将灵魂卖给鬼子”。生活的巨大落差，构成了他日后反抗现存秩序的广阔而深刻的背景。

可以说，鲁迅来自传统中国的黑暗的深部，来自现代的源头，来自东西方文化冲突的第一波，来自从农业社会向工业社会、从专制政治向民主政治转型的粗糙的摩擦面。鲁迅及其时代的关系，就整个现代化进程来说，带有某种“原型”性质。由于改革的缓慢，在一个长时段内，前前后后会产生许多彼此类似甚至雷同的事件；也就是说，在无限张开的现实当中，将仍然不断遭逢以往的幽灵。这种“同义反复”的东西，是最本质的东西。鲁迅始终抓住这东西，对于这个前现代社会，则抓住其中的死结：“吃人。”所谓“吃人”，即作为个人的从生存到发展的各种权利，全然遭到剥夺；用马克思对专制社会的概括，就是“轻视人，蔑视人，使人不成其为人”。然而，人们已经习惯于奴隶的非人的处境，麻木、苟且、逃避自由。对于现实，一是不敢正视，二是善于遗忘。鲁迅所作的斗争，不但在于揭露黑暗的事实，还要暴露各种企图掩饰黑暗的行为。可怕的是，这期间，除了官方的布置，还有“同人”的合谋，以及民众的参与。鲁迅天生敏感，激烈，不能容忍有害的事物。他极力使司空见惯的东西陌生化，使隐蔽的东西公开化，使稳定均衡的东西极端化和尖锐化，总之，他要使“黑暗的动物”现形，使“铁屋子”里的人们无法昏睡和假寐，使大家看见事实的实在性，使真理自明。鲁迅的全部努力，几乎都在于揭示时代的真相。所以，当我们重温鲁迅的文本时，就会诧异地发现：被揭露出来的一个又一个未曾改变——鲁迅倾其一生都在促进其改变——的事实，已然包含了一种猫头鹰式的洞见，犹如先知的预言。

我们是谁？人还是奴隶？我们是否具备自由的意志和权利？

鲁迅的存在，对于活着的人们来说，无疑是一种折磨。这不仅仅因为他揭露了为人们所不乐于接受的世界的真实，而且还在于他总是以一种与人们相悖的态度和方式对待这真实。无须斗争，或者简直厌恶斗争，应当算得上是幸福的吧？可惜事实上并非如此，无视斗争的存在，往往出于奴隶的自欺。鲁迅终其一生，确实不曾背弃青年时期构筑的“人国”乌托邦；但是在现实中，除了确信自己作为奴隶以至奴隶的奴隶的经验，他怀疑一切。他把几千年的“东方文明”等同于僵尸，不相信一直为统治者编修的中国历史，说是“家谱”，不相信正统意识形态控制下的霸权话语。那些故作激烈、“左”得可怕的革命者，也是他所憎恶的。他反对蒙昧主义，而对中国的学者又往往抱不信任的态度，大约在他看来，其中多是“假知识阶级”，是喜欢给权势者帮忙或帮闲的。对于底层阶级，虽然一直是精神皈依的对象，却同样反对“迎合”，作“大众的新帮闲”。他承认自己的“多疑”，而且为多疑作过辩护。然而，这丝毫无改于斗争的确定不移的目标。准确一点说，鲁迅的敌人，都不是迎面而来的，而是来自上层、背后、内部，来自周围，带有“围剿”性质。所以，鲁迅的斗争也就不是一般意义上的斗争，而是反叛、反抗、突围。他反叛社会，反叛所在的阶级，反叛集体，直至反叛自己。他清醒地意识到，中国的每一个人，既被吃也曾吃人；而他自己，也帮助着排筵宴，做“醉虾”的帮手。因此，他不断地使自己从权力和罪恶中分裂出来，脱离出来，成为相对于权力系统的密集网络的一个活跃的反抗点。

自从为革命的梦境所放逐，鲁迅选择了上海作为斗争的最后一道壕堑。从20年代到30年代，中国社会结构发生了重大的变化。“兄弟阋于墙”，国共两党联合破裂。中央集权制度经过长期松弛以后迅速收紧，年轻的民国在一次大清洗中蜕变成为“一党专政”的“党国”；随着民族战争的临近，专制与奴役在国家主权的庇护之下进一步合法化。作为反抗者，鲁迅加盟了反对政府的争取自由和人权的各种组织，其中包括左联。然而，就在这组织内部，产生了新的权势集团。鲁迅从中意外地遭遇了“奴隶总管”，“自有一伙”的压迫、孤立和打击。对此，他曾使用“横站”一词，表达后来面临的复杂而艰难的处境。正如自命不凡的才子所嘲笑的那样，这时，他写作的唯是不能进“艺术之宫”——自然也不能进“学术殿堂”——的杂文。仅从鲁迅最后十年的杂文所取的材料，形式和风格的演变来看，斗争的情势，显然要比北京、厦门和广州时期更为严峻而急迫。

这是一场绝望的抗战。那结果，鲁迅不但不曾丝毫动摇党国，反而成了党部呈请通缉之人；不但没有夺过“工头”的鞭子、“元帅”的军棍，这样的人物却照样挂帅，照样“以鸣鞭为唯一的业绩”，他的几个较亲近的青年朋友，都是给“实际解决”了的。而且，还有不断纠缠他的文痞、文氓、文探，种子绵绵不绝。鲁迅一生傲然独立，却是遍体鳞伤，过早地耗尽了体内的全部燃料。斗争的无效性，不免使人们又多出另一种折磨——鲁迅的存在，其价值仅仅在于反抗本身吗？

国民党的『一党专政』

五四运动过后，政党政治崛起，劳工运动随之上涨。在无政府主义以及各种过激主义的灼热的气浪里，共产主义思潮开始蔓延。1921年，中国共产党成立。1923年，孙中山改组中国国民党。国共两党，都是在苏联直接派遣顾问，在苏共的建党原则的指导和支配下，进行系列的政治活动的。其中之一，便是国共合作。孙中山逝世后，蒋介石成了国民党内的领军人物，他迅速抛弃已故领袖的容共政策，决心清除政治上的异己势力。1927年4月12日，上海方面率先奉命行动，紧急搜捕共产党人及嫌疑分子，并加杀害。在一个月内，被屠杀的多达数千人。4月15日，广州也出动了大批军警，对各个机关学校和群众团体实行血腥清洗。此时，凡国民党势力所及之处，都展开了“清党”运动。纯洁党组织成了独裁专制的遁词。4月18日，蒋介石在南京成立了“国民政府”。经过党内的几次不大不小的摩擦，蒋介石作为孙中山的“接班人”的身份终于得到确认；他成功地利用了元老的力量和各派的矛盾，一人把党政军大权

鲁迅在上海的第一处寓所

在景云里寓所。1928 年 3 月 16 日

统揽起来，并牢牢地掌握手中。

清党期间，鲁迅仍在广州中山大学担任教职。自从踏足这块“革命策源地”以后，他对中国的政治地图有了更深入的了解，应当有把握认为，不至于为一时的风云变幻所迷惑。然而，时局的发展竟大出乎他的意料。相当一段时间，他对国民党以及国民革命军北伐行动是抱有幻想的，虽然一样承认“革命尚未成功”，甚至发出过有人攀摘革命花果的警告，却根本不曾想到整个党和军队，会如此快速地掉转枪头，对付先前的合作者。政治家的野心，实在远胜于文学家的想象力。他从来未曾看见这样杀人的，北京“三一八惨案”杀掉四十余人，他已经说是“出离愤怒了”，如今何如？他用了“被血吓得目瞪口呆”的话，形容此时的感受。出于一个人道主义者的道义感，他以辞职表示抗议，然后在一个名叫“白云楼”的地方蛰伏下来。可是，像他这样阴郁易怒的人，是注定做不成现代的隐者的，果然很快地，便接受了官方教育部门的夏期讲演的邀请，破门而出了。其实，稍早一些时候，当他为结集的《野草》写作题辞的时候，即宣告“过去的生命已经死亡”，透露了渴望“烧尽一切野草，以及乔木”的决绝的信息。

大屠杀源于一个新的传统，这是军权政治和党权政治的合流。对此，美国学者派伊说：“军阀给出了一个事实，即在现代中国，政治力量不可能与军事力量分离，以至于没有人能开出从中国政治屏幕中心消除军队的秘方。”民国以后，袁世凯正是以军事力量作为政治资本，窃取革命政权的，可是现在，军队已不复属于个人，而是作为“党军”，为党所控制。早在革命初期，孙中山在确立他的党权政治理论的时候，已经融入军权政治的因素，后来还曾一度以军权改造党权和政权，实行党政军一体化。事实证明，军事实力的过分膨胀是危险的。所以，自从在苏联引进党对军队的政治化的控制体制之后，军权便长此被置于党权之下，虽然党不能不依靠军事力量取得并维持其专政，但是始终离不开“以党治国”的框架，其领导地位是不容挑战的。

鲁迅没有直接描述大屠杀的残酷性，而是透过“清党”事件，揭露独裁政治灭绝人性的本质。我们注意到，在1927年以后的两三年里，他反复使用“流氓”一词做演讲，或者写文章。中国的政治家有什么原则立场可言呢？无非是一群随意杀人的流氓，自然，中国的政治也就是“流氓政治”了。鲁迅做过一个《流氓与文学》的讲演，从记述来看，其实讲说的多涉政治流氓。他指出，他们要“革命”，整天叫喊“打倒旧制度”，目的是要取得自身的地位，及至有了地位，仍然要拾起旧的方法来控制一切。在著名的讲演《魏晋风度及文章与药及酒之关系》中，他列举了曹操和司马懿，作为政治流氓的代表人物。一方面，是杀人的随意性；另一方面，是行为和议论相矛盾。曹操杀孔融，司马懿杀嵇康，都是以“不孝”为罪名的。魏晋以孝治天下，不孝，故不能不杀。“为什么要以孝治天下呢？因为天位从禅让，即巧取豪夺而来，若主张以忠治天下，他们的立脚点便不稳，办事便棘手，立论也难了，所以一定要以孝治天下。”问题是，“曹操司马懿何尝是著名的孝子，不过将这个名义，加罪于反对自己的人罢了”。这便是政治流氓的“德治”。鲁迅使用反语，称颂曹操为“英雄”，说“我虽不是曹操一党，但无论如何，总是非常佩服他”，还幽默地说：“事实上纵使曹操再生，也没人敢问他，我们倘若去问他，恐怕他把我们也杀了！”利用传统的戏剧旁白或插科打诨的话语形式，不断暗示读者，使之把魏晋时代同现时代联系起来。

权势者极力使杀人合法化。因此，揭露合法化便变得十分必要而且适时。鲁迅在《小杂感》里说：“凡为当局所‘诛’者皆有‘罪’。”又著《可恶罪》一文，说是“我先前总以为人是有罪，所以枪毙或坐监的。现在才知道其中的许多，是先因为被人认为‘可恶’，这才终于犯了罪”。执法者实际上无法可依，即使有法，本身也是不合法——自然法——的。由此，我们知道，在强制性的统治之下，所谓“法治”，是怎样一种不可靠的东西。《谈“激烈”》一文写道：“今年似乎是青年特别容易死掉的年头。‘千里不同风，百里不同俗。’这里以为平常的，那边就算过激，滚油煎指头。今天正是正当的，明天就变犯罪，藤条打屁股。”在这里，法律明显的不一律。《小杂感》里还说："刘邦除秦苛暴，'与父老约，法三章耳'。而后来仍有族诛，仍禁挟书，还是秦法。法三章者，话一句耳。"两千年一贯制，这就是专制主义的再生性和连续性。被鲁迅称为暴发户的革命新贵，在将杀人合法化的同时，必先使自己的地位合法化，因此也就一定要争正统。所谓正统，对内代表已故领袖的遗训精神，代表全党，对外则代表全民。可以说，正统之争是专制社会中权力斗争的一个重要特征。权力是赤裸裸的，它会把许多关于"忠诚""团结"之类的伪装自行撕成碎片，暴露自身的罪恶和肮脏。它的存在本身就是一个争夺的过程，整个过程充满戏剧性，却又毫无"游戏规则"可言。鲁迅在一次演讲中打比喻说，譬如有一个军阀，从前是压迫民党的，后来北伐军势力一大，他便挂起了青天白日旗，说自己已经信仰三民主义了，是总理的信徒。这样还不够，还要做总理的纪念周。这时，真的三民主义的信徒去不去呢？不去，便可以说你反对三民主义，于是定罪，杀人。鲁迅解说道，真的总理的信徒，倒会不谈三民主义，或者听人假惺惺地谈起来就皱眉，好像反对三民主义模样。这在当时，对于高举三民主义旗帜、以党的正统代表自居的大小领袖的讽刺，可谓入木三分。

在"共和使人们变成沉默"的时候，鲁迅不断变化他的讽刺艺术，发出抗议的声音。他有一段关于"革命"的绕口令一般的随感：

革命，反革命，不革命。

革命的被杀于反革命的。反革命的被杀于革命的。不革命的或当作革命的而被杀于反革命的，或当作反革命的而被杀于革命的，或并不当作什么而被杀于革命的或反革命的。

革命，革革命，革革革命，革革……。

混乱的局面。混乱的语言。“革命”仅仅作为一个口号被抛来抛去。在故意安排的言辞闪烁之间，杀机重复出现。这就是语言的张力。鲁迅说收在《而已集》中的文字，是受吓以后，“吞吞吐吐，没有胆子直说的话”；其实，他正好利用无法直说的模糊语言，作了明确而顺畅的表达。

“防被欺。”鲁迅说。他在大屠杀后写作的大量文字，都在揭露一个党的流氓性、虚伪性。他绕不开流血事件。这是他的最大的伤口所在。他告诫说：“自称盗贼的无须防，得其反倒是好人；自称正人君子的必须防，得其反则是盗贼。”这是“推背图”式的方法，是由悖谬的生活逻辑推导出来的方法；在这里，他以特有的“世故”语言，为中国的政治伦理划分了限界。

早在“呐喊”时期，鲁迅便做过“暴君的臣民”的随感，这时，也仍然重复着“叭儿狗往往比它的主人更严厉”的结论。君臣关系，是东方政治文化学中的一项重要内容。在一个农业大国里，权力高度集中而等级森严有别，政治运作的规律，自然大不同于从工商社会发展起来的西方国家，而在“骄和谄相纠结”的“没落的古国人民”中产生的统治集团，也各有自己的精神特色。《扣丝杂感》中有一段“包围新论”，对此有着精彩的描述。文中说，无论何等样人，一成为猛人，身边总有几个包围的人们，使他变成傀儡，外面的人看不见他的本相，所见只是包围者制造的幻形而已。此时，也就发生了胡乱的矫诏和过度的巴结，而晦气的人物刊物之类也跟着遭灾。但猛人大抵是不知道的，直到“龙驭上宾于天”。中国之所以永远走老路，原因即在包围，因为猛人虽有起仆兴亡，而包围者永是这一伙。作者自称思索过两种“包围脱离法”：一是猛人自己出去走一走，看一看，不要先“清道”，然而大家一遇猛人，大抵事先便已改变了木然的情形，当然视察不出真模样；二是广泛接触，不为一定的若干人所包围，然而时间一长，也终于有一群制胜，而这最后胜利者的包围力则是最强大，归根结蒂，也还是古已有之的运命：龙驭上宾于天。鲁迅指出，统治者的覆灭同它的崛起一样，是寡头式统治本身所决定的，无从摆脱的。英国学者迈克尔·波兰尼在论及斯大林和他控制下的苏联时，这样指出：由于赤裸裸的权力的稳定性随着它所控制的忠实于独裁者的人数的增加而不断增加，“因此，用强制力对一个大国保持控制，比控制海洋中间单独一条船上的船员要容易得多”。问题在于历来缺乏信仰的中国，没有这样忠实的追随者，所谓“真正的党徒”；正如鲁迅所观察到的，有的只是“随风转舵”的人物，是不会为他的首领拼命的。或者，这也算得是统治者的大不幸。

对于中国的国民，鲁迅素有研究。罗尔斯在《万民法》中相对于国家，提出“自由人民”的概念，其基本特征，是中国国民所不具备的。大约领袖群伦是需要凝聚力的罢？孙中山便批评中国人“一盘散沙”。鲁迅是反对“将倒楣的责任，归之于大家”的，他指出：“他们的像沙，是被统治者‘治’成功的，用文言来说，就是‘治绩’。”这“治”的结果，在大屠杀事件中表现出来，让人尤觉沉痛。鲁迅在白云楼整理完童话译稿《小约翰》，作引言道：“满天炎热的阳光，时而如绳的暴雨；前面的小港中是十几只蜑户的船，一船一家，一家一世界，谈笑哭骂，具有大都市中的悲欢。也仿佛觉得……或者正在呻吟，或者正在‘经营腐烂事业’和作这事业的材料。”他在另一则杂感中同样慨叹道：“人类的悲欢并不相通。”这是怎样的“人民”呢？次年作《太平歌诀》，引《申报》一段记事，说中山陵墓行将竣工时，石匠有摄收幼童灵魂，以合龙口之举。市民于是自相惊扰，家家幼童肩悬一方红布，上书歌诀，借避危险。歌诀有云：“人来叫我魂，自叫自当承。叫人叫不着，自己顶石坟。”鲁迅称为“太平歌诀”，说：“‘叫

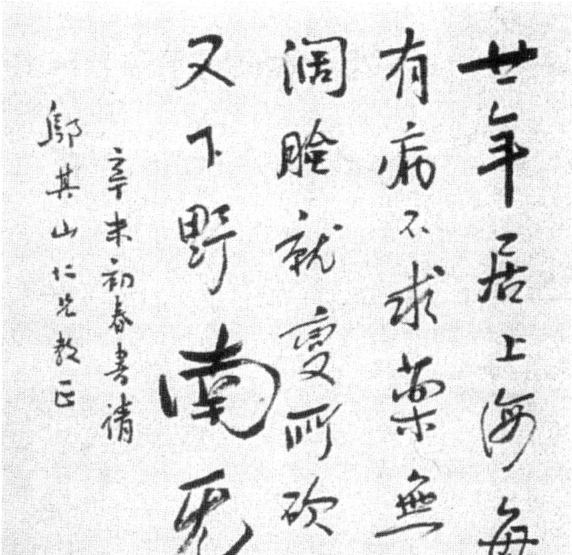
廿年居上海每日見中華
有病不求藥無聊纔讀書一
闊臉就變所砍頭漸多忽而
又下野南无阿彌陀
辛未初春書請
鄔其山仁兄教正
魯迅

鲁迅赠内山完造诗

人叫不着，自己顶石坟’。竟包括了许多革命者的传记和一部中国革命的历史。”又说：“市民是这样的市民，黎明也好，黄昏也好，革命者们总不能不背着这一伙市民进行。”美国学者易劳逸在分析国民党政权时，曾经这样指出：“从许多方面来看，这个政权就是它自己的选民。这就是为什么这个政权的现代化和发展的动力如此微弱的基本原因；就是为什么尽管有腐败和行政机关的懈怠，民国政府的官僚机构还能支撑这么久的原因；以及为什么这个政权能够在既鲜有其成员的更换，又无新思想的补充的情况下存在了20年以上的原因。”易劳逸使用“选民”的概念是不切实际的，中国没有普选，这个政权完全是以枪杆子的力量强迫国民接受的。然而，这里所揭示的关于政府的素质取决于国民这一方面，具有一定的真理性，至少与鲁迅一贯重视“国民性”的思想颇为一致。在广州，鲁迅多次讲演，都涉及革命群体的信仰和觉悟问题。及至事变发生，再次证实了民众的罚恶之心，并不下于学者和军阀，这时，他却并没有像一些精英人物那样充当说教者，一味加以责备。他深知，“民魂”的发扬是未来的事，“思想革命”不是在日夕间可以完成的。目下唯一重要的事情，就是如何对付杀人者，也即“有枪阶级”。他确认他的目标不会出错，而且，他不会轻易放弃这个目标。正如历史上著名的雅各宾派人物圣茹斯特对革命所做的表述那样：“一个民族仅有一个危险的敌人：它的政府。”

清党运动给鲁迅的精神带来极大的震荡。中国的所谓革命，原来不过是一场虚幻。“血的游戏”已经开头，而且看不见戏的收场，到处是恐怖，恐怖，恐怖。历史的进化未必是有确凿的证据的，北京的“三一八惨案”，还是政府专一的对付学生和群众；这次杀戮青年的，倒大概是青年，他们对于别个的不能再造的生命和青春，不但毫无顾惜，且有胜利者的得意之色。这岂不是大倒退吗？事变发生后不到半年，鲁迅发表了一篇《答有恒先生》的信，公开对大屠杀的态度；对于社会的变动和自我思想的变化，信中也做了总结，末尾是舒愤懑，说是恐怖过去之后，来的不会是好东西，好像他对此后较长时期的黑暗是做了准备的。为了救助自己，他说还得借用老法子，就是麻痹和忘却。其实他做不到这样，所以，接着又说了“还想从以后淡下去的‘淡淡的血痕中’看见一点东西，誊在纸片上”。但是，这位惯于以阴暗心理推测中国的将来的人，至今还想象不出党国对于个人言论的禁锢会是何等严密，再过一些时，连发表的地方也快没有了。

这半年我又看见了许多血和许多泪，
然而我只有杂感而已。

泪揩了，血消了；
屠伯们逍遥复逍遥，

用钢刀的，用软刀的。

然而我只有“杂感”而已。

连“杂感”也被“放进了应该去的地方”时，

我于是只有“而已”而已！

以上是鲁迅在1926年10月编定《华盖集续编》时在末尾写的“八句话”，到了1928年10月校讫《而已集》时，又把它用作题词。前者写于发生“三一八惨案”的当年，后者则写于“清党”前后，这种前后的衔接和重复，无论对于死者还是对于生者来说，都是有着纪念意味的。“世事也仍然是螺旋”，除了纪念，即使指出历史在杀人方面的近似之处，又有什么实际意义呢？

一方面作着抗议，说是“纵已节节败退，我实未尝沦亡”；而另一方面，又作着挣扎和呻吟，说是“虽生之日，犹死之年”。所谓“一党专政”，不过才开了个头，一个酷爱自由的人就已经不堪折磨了。事实证明，无论赞颂还是攻击鲁迅的人都过于夸大其词，他并非那类一往无前的勇士，有着金刚不坏之身。

国民党一面清党，一面北伐，于1928年6月占领北京，10月，以蒋介石为首的国民政府在南京正式成立，12月东北易帜，中国宣告“统一”。清党期间，蒋介石发表《告全国民众书》，公称“‘以党治国’为救中国唯一的出路”；实际上，此前国民政府在组织法中已经确立了“以党治国”的模式，即国民政府必须接受党的指导和监督，一切施政方针及立法原则均由党中央政治委员会提出，经中央执行委员会审议后，以政府名义执行。政府委员会、军事委员会，包括司法机关在内，一律接受中央执行委员会的政策性指导；而党组织，则延伸和渗透到社会、产业、文化、教育各个部门和组织中去，直达基层。1931年5月，由国民党操纵的国民大会通过《训政时期约法》，以具有宪法效用的规范性文件，肯定一党统治的至高无上的地位。在中国政治制度史上，这种以政党代替君主的独裁形式是首创的，所以叫作现代独裁。

作为一个东方政党，中国国民党与西方政党有很大的不同。西方的第一批政党如保守党、自由党、激进党等，是在19世纪随着选举委员会的产生、发展、扩大而自然形成的，选举一结束，党组织基本上处于“冬眠”状态。美国两大党结构松散，乃至有“跨党”现象，后来简直成了为选举而组织的党。至于一些“群众性政党”，工人阶级政党如社会党、社民党和共产党，也都与选举有很大的关系。西方政党是在合法的、公开的、竞争性的政治活动中，而不是军事行动中发展和完善起来的。至于中国国民党，一个很大的不同，是它先后被置于清政府和北洋军阀的严密监视之下，根本失去合法性，因此武装夺取政权必然成为党的主要目标。这种军事性质，是侠和盗的产儿，一开始便带给党以封建会社的特点：强制性，秘密性，黑箱操作。政党领袖如同《水浒传》中的宋江那样，是被推选而非竞选出来，其权威性，则有如韦伯所称的卡里斯玛。伏尔泰称为“父权制”，说中国组织的完善性是“唯一建立在父权制上面”。美国学者所罗门对这种权威关系作出如下演绎：中国的政治文化是以“服从-支配”的综合病症为特征的。其实东方社会有一种同一性。布哈林讲笑话，说人类历史可分为这样三大阶段，即“母权制”“父权制”和“书记制”，都属集团专制，明显地带上苏联社会的胎记。领袖对于党员，也是优化与驯化的结合。由于整个党被看作先进人物的集合体，是人民的代表，所以国民党会排斥他党的存在，孙中山会要求全国人民成为革命党，而有“训政”——“改造人民思想”——之说。孙中山的自由民主虽然源自欧美，但在批判资本主义的同时，又否定了其中与这些思想观念相联系的价值基础：个人主义。对于中国国情的分析，孙中山认为中国“自由太多”，从而强调集中和纪律，强调三民主义与传统文化——其精义是“王道”文化——的关系，整个思想框架仍然是民族主义和国家主义。他说：“我们革命党，向来以三民主义去革命，不以革命去争自由。”这样，就把主义与自由对立起来，同时把革命同自由对立起来。脱离了自由的主义和革命，终有一天要走向独裁的主义和革命，这是无法避免的。

早在“联俄”之前，国民党自身的反民主的倾向已经相当明显了。二次革命后，孙中山将个人绝对权威引入党组织，以致建立起了军权、党权与个人集权诸因素的统一的模式。从苏联引进“以党治国”的理论之后，改造了原来的三民主义，所谓军政、训政、宪政的三阶段理论，开始以党权为核心，于1924年1月第一次党代会时正式确立“民主集权制”。

由一党专政所确立的党权政治，是一种全能主义的政治体制，即通过党组织对国家以至全社会实行高度控制。在夺取政权以后，一党制的首要目标，就是在消灭异己之后，用党员占据和充实所有的行政职位，达致国家和政党的完全合并。其结果，必然导致普选制的废除和党政不分。民主社会的一个很大特点，就是体现在宪政制度上的立法、司法和行政三权分立。权力分立，从根本上否定任何无限权力、最高权力、有组织的权力有任意行事的权威；而三权合一，虽然没有专制君主的外在形式，却让人无时不感到君主专制的存在，正如孟德斯鸠指出的那样，它既可以用它的“一般意志”去蹂躏全国，又可以用它的“个别意志”去毁灭每一个公民。表面上是政党与国家并存，实际上政府是政党的影子，呈一种“无形状态”。第三帝国就是这样。对此，托马斯·马沙利克形容说：“即使是一个专家，如果他想阐明党和国家之间的关系，他也会被逼疯。”两种权力源——国家和政党——之间的关系，不可能是一种并列关系，而是表面权力与实际权力之间的关系，其中，喧嚣的政府机器掩盖和保护了政党的真正权力。一党专政，用阿伦特的说法，是以新增的一个阶级——官僚阶级，特权阶级——“将国家当作私有财产来占有”。哈耶克指出，自由主义宪政理论家关于在最高立法机构里，不应当存在政党那样有组织的利益团体的主张是正确的，因为，“纯粹的立法权应当表达的是意见，所以不应被交给特殊利益的代表”。党组织的高层对特权的追求、迷恋和维护是无止境的。

德国社会学家罗伯特·米歇尔斯著名的“寡头垄断铁律”，在国民党及其领袖人物蒋介石的身上有着极其充分的表现。在提出“能期望蒋介石做得更好些吗？”“他得对这个党和这个政府的弱点负责吗？”的问题时，美国学者兰比尔·沃拉在著作中接着回答说：“这些弱点反映了仍然束缚着中国的传统政治文化：依赖权势的综合病症；寻找一个强有力的人物来领导政治而非通过复杂的机构网来接受政治的根深蒂固的习惯；忠于宗派、利用裙带关系、腐化堕落、惯耍阴谋的政治；公家事务和私人生活不分、公共财产和私人财产不分的弊病。中国要引进可以强迫党和政府作出解释的现代机构一直不是件容易的事。”蒋经国说“中国是共和国”，“国民党是在列宁协助下建立起来的”。在共和制的国度里，人民不但不能控制政府，反而为政府所控制，这是一种假共和。政体是可变动的，它往往并不符合某种标准的范式，而呈现为这种政体与另一种政体的重叠和混合。古罗马在屋大维时代，名义是“共和国”，有公民会议、选举制度、元老院等等，屋大维也自称是“第一公民”，实际上是终身制，任命制；他本人即兼元首、元帅、最高代行执政官，集军政大权于一身，是本质上的君主独裁制。凯尔森在其名著《法与国家的一般理论》中有一节专门谈到“政党独裁”，说在一党制国家里，领袖崇拜、个人自由的完全压制、宪法的无效性、集权经济及强制性调整等等，都是不可避免的。他指出，既然法律的制定和运用均操之于统治党之手，其他各种民主制度，都无实际意义可言。“在政党独裁国家中，选举和全民公决的唯一目的就是掩饰独裁的事实。”然而，靠清党和杀戮上台的国民党，连选举和全民公决这些形式都给废弃了。根据领袖既定的建国程序，后来也有所谓修宪之举，试图仿效西方民主国家对权力加以限制，那结果只能是走过场。在“以党治国”的情况下，只要政治权力中这一完整因素不能取消，从完整权力到分散权力的转变就永远无法完成。

任何阶级、政党或群体，要有效地掌握和运用权力，离不开组织这个因素。从秘密组织发展起来的国民党，在接受苏联的指导之后，特别重视组织的扩大和完善，从群众组织直到特务组织，都有党插手领导。著名汉学家费正清在他的研究著作中指出，“在中国的政治文化中，政府还是组织的垄断者，每个组织、社团都必须以某种方式归属于政府之下，要不然就被认为敌对于政府，因而也就被认为是危险的。从历史上看，非政府组织只有秘密结社和各种同业行会，有组织的利益集团是受到严格约束的。一些自卫性的团体是允许存在的，而一旦它变成一种压力集团时，政府就要将其解散。出自民间的组织被认为是充满爆炸性因素的。……任何一个能够控制民众运动的新兴组织的产生，都构成了对政府的威胁，只有在它形成之前就将其摧毁。同时，一定程度上还是因为组织总是建立在个人基础上的，像公民对统治者效忠一样，新兴的组织意味着新领袖的出现，而新兴的领袖就构成了原有统治者的事实上的对手。结果便是：过去一个长时期以来，所有新兴的组织都处于政府的控制之下”。五四运动以后，国民党便开始注意吸纳学生，领导和组织群众，动员地方团体包括家庭、宗族、保甲、村寨、行会以及秘密协会，还有新成立的工会、青年和妇女团体，参加旨在推翻旧军阀的斗争，也即“奉旨革命”。清党时，同样利用组织的力量消灭异己，统一效忠于新领袖。后来的“新生活运动”，还是试图通过有组织的推动去进行的。美国学者派伊所以说中国“易于统治”，就因为“在很大程度上，人民自己统治自己”。以蜂窝状的群体组织，遵守内部纪律和自给自足以维持一种预设的秩序。这是有传统根据的。但是，苏联的组织无疑提供了新的经验。组织化完全用于控制，即极力设法达致人民的生活和国家的生活的同一，而这些民间组织，却并不像西欧的那样形成一种压力集团，对国家政治施加影响。米切尔斯说过一句很精辟的话：“不论谁说到组织，都是在说寡头统治。”对国民党来说，这是合适的。

这样的党，既然有能力控制全国的大小组织，便有能力推行思想统制。所谓“训政”，“以党义建国”，实质上意含了思想的控制。意识形态一旦与政权力量结合在一起，将使控制的效率获得空前的提高。蒋介石上台后，政治宣传的首要任务，就在维护正统性和统一性。1928年开始，国民党通过南京国民政府全面实行“一党专政”。此时，学界就政体形式问题进行了长时间的“讨论”，卷入这种讨论的报刊有《新生命》《生路》《现代评论》《星期》《时事新报》《中央日报》，以及《新月》杂志等。一些政治人物及御用学者从“清党”后一党独大的“现实”出发，证明在中国实行两党制或多党制是不符合国情的；并且认为，国民党是代表社会全体利益的党，是由中国社会的特殊性决定的。如周佛海便称国民党的独裁不是少数人或一阶级的独裁，而是代表各阶级的革命民众的独裁，具有某种代表性；这样，由党和国家施行的种种强制性措施，根据定义也就不再能解释为压迫了。据说到了党权时代，思想的统一是十分迫切的，无条件的。“以党治国”，形式上是党组织、党义、党员三位一体，这是参与建国方案讨论的报刊大体认同的。人民必须绝对信仰三民主义，有人甚至鼓吹，除真正的三民主义者以外，对其他人的言论出版集会结社的自由则应予以禁止。孙中山的“遗教”成了合法性的来源，领袖的理论成了类似宪法的规范性文件。这在宪法史上是没有先例的。在灌输正统理论的同时，以蒋介石为首的政要人物以及意识形态方面的代言人，致力于以忠诚为核心的传统道德说教，强调“统一、和谐与服从”，实行政治专制主义与文化保守主义的整合。英国学者波兰尼说：“正统性主张是一种非常令人生畏的权力工具。”在专制主义者那里，正统性是根本的。关于意识形态统治，波兰尼的观察相当深刻，他分析说，在极权专制之下，即使人们非常讨厌统治者，普遍地否定官方的正统做法，也无法产生别的思想运动。结果，“官方的种种意识形态就频繁而自动地被人们用来解释事件，即使他们并不支持这些意识形态。专制主义已经清楚地证明，除了通过有权威的机构的操作外，没有任何现代文化——无论是个体的还是市民的——可以生存”。这样，也就只好任由专制主义逞能了。

极权主义的分析家们普遍认为，极权主义是一个现代现象，有别于传统的君主专制或寡头政体的是，它是由唯一的政党和操纵该党的那些人对一个国家及其人民实行的绝对统治。它的最显著的特点，是恐怖与宣传的结合。阿伦特补充说，在极权主义拥有绝对控制权的地方，宣传则为灌输所取代，特别强调其中的强制性。至于制造恐怖的手段，则并不完全取决于暴力，重要的还有社会组织以及社会控制技术。国民党的“一党专政”算不算极权主义呢？易劳逸评说道：“1927年后，由蒋介石一手塑造的政府既不极权又不民主，而是在政治上摇摆于两者之间。”依此看来，好像算得上准极权主义。实际上，这是一个带有学究气的结论。极权主义应当被认为是专制主义的一个极端，虽然有方式和程度的不同，但实质是一致的。按照弗里德里克和布热津斯基合著的《极权专政与专制政治》所列举的极权主义社会的几个指标，如以一个独裁者为首的独一无二的政党、精心制作的意识形态、恐怖系统、严密的组织、对军队的垄断、国家官僚对整个经济命脉的操纵等，国民党统治下的“党国”是符合标准的。脱胎于中国政治传统的“朕即国家”的专制主义，部分接受苏联和德国模式，加以经受中国本土的残酷的政治、军事斗争的训练，以及大独裁者蒋介石的个人作用，国民党成为一个极权专制的政党是必然的。由于前期更多地受到西方，其中主要来自法国大革命——这是与苏联十月革命不同性质的另一个革命系统——的影响，一批元老人物，多少算得是信仰自由主义而非集权主义者，可以抵消一点党内的独裁倾向；此外，军事割据的现象仍然存在，对于政治大一统的形成，客观上存在一定的障碍。然而，时间离辛亥愈远，国民党愈加暴虐和腐败，国内自由民主的处境也随之变得愈坏。当民族问题变得十分严重的时候，终于演变到“一个主义，一个政党，一个领袖”的全盛局面，那是一个“顶峰”。

1927年10月，中秋刚过，鲁迅偕同助教，他的学生和爱人许广平一起来到上海。

因为前夫人朱安的关系，北京是肯定无法安住的了，而广州也早就成了可怖又可憎的地方，上海可以说是荆天棘地无处容身的情况下的一种不得已的选择。然而，作为一个现代大都会，“清党”过后，它已然成为国民党南京政府的大院，是党国要人、官僚买办、特务流氓经常出没的所在。文人也纷纷南下，连过去的对头，现代评论派诸公也都陆续来到了这里。鲁迅不是不知道，但是他已经无法绕开。

不想重返北京，还有一个理由，就是以他目前的危险思想，显然没有资格担任教席；大学实行的是“党化教育”，哪怕专一地讲授小说史，也已经是非分之想了。况且，既经选定写作为职业，而这份职业又是与教学相冲突的。恰好这时担任国民政府大学院院长的旧人蔡元培意欲聘为“特约撰述员”，并且答应受聘后仍可自由撰述，他便收受了聘书，决定稳拿政府月薪三百元，再来作骂政府的著作。

时局变化太快。昨日还在革命，今天便成了“反革命”；昨日还是“流寇”，今天却成了“坐寇”，而且“占山为王”了。所谓“普天之下，莫非王土”，昨日还可以谈谈中国的坏话，今天成了“党天下”，“一党专政”，就不许乱说乱动了。这种变化，对于鲁迅这个一贯把中国历史看作一种恶性循环——“想做奴隶而不得的时代”和“暂时做稳了奴隶的时代”的循环，即所谓“一治一乱”的循环——的悲观论者来说，应当不算太突然。即如说他相信进化论，在大屠杀中出现青年告密和杀人的情形，这种“变异”，原本就包含在达尔文的理论里面；在个人经验上，高长虹等也已经给了他质疑青年的种种根据，因此也不算得太突然。再说“一党专政”，作为一种政体形式，此前苏联一直在实行，历时将近十年，同样不能说是突然的。对鲁迅来说，感受最突然的，就是国民党的如此“游戏”般的杀人；此等杀人，打破了一个合法政权的政治实践所容许的限度。任何一个国家，包括苏联在内，在他看来，充军，监禁，杀头，也得先有罪名，不像中国这样先杀人后定罪，而且是“聚而歼旃”的。关于中国人的当务之急，他早就说过，“一要生存，二要温饱，三要发展”，其中即包含了我们惯称的基本人权。这些权利，不是任何政权所赐予的，自然也不是任何政权所可剥夺的。鲁迅对国民党“一党专政”的抨击，首先就集中在杀人上面，因为杀人事件本身便集中了人性、人道和人权的所有问题。他自嘲地称之为“浅薄的人道主义”，显然，与当时绕开杀人而谈“人权”的胡适一流的自由主义批评家，以及绕开杀人而言“革命”的郭沫若等激进主义批评家，都很不一样的。

鲁迅既然不满于国民党的“一党专政”，但是，为什么对“一党专政”的苏联会抱支持和赞颂的态度呢？这是一个颇具挑战性的问题。对于苏联，侵略过中国的所有的帝国列强，以及从北洋政府到南京政府所有反动的政府，无不施加攻击。在国际政治舞台上，苏联是弱小的，孤立的，被压迫的。国民党政府一方面希望获取苏联的军事援助，一方面又极力诋毁它；

在意识形态方面，则是根本对立的。第一次世界大战后，西方国家确实全面暴露了资本主义制度的濒危症候，它的再生能力，作为被称为“民主国家”或“福利国家”的特征，只有到了二战过后才开始逐渐凸显出来。苏联作为第一个也是唯一一个共产主义国家，它的各种制度和政策，正处在实验过程中，而这些出现在初级阶段的致命的因素，全部被封闭了起来，显示在世界上的是一个以国防工业为驱动力的国民经济迅速增长的庞大畸形。相形之下，鲁迅与世界上许多进步的知识分子一样，对这样一个“工农国家”表示同情和支持是正常的。这里有道义上的原因，社会理想的原因，但也不无事实上的根据。鲁迅对苏联的态度，较集中地体现在他为林克多《苏联闻见录》作的序文里。他所以肯定这个新国家，是因为那里的设施合于人情，生活像了人样；那里有了许多极平常的事实，就是“将‘宗教，家庭，财产，祖国，礼教……一切神圣不可侵犯’的东西，都像粪一般抛掉，而一个簇新的，真正空前的社会制度从地狱底里涌现而出，几万万的群众自己做了支配自己命运的人”。文中还突出地说到“生产力”问题。不过，更大量的事实，反面的事实，诸如强行农业集体化、反犹主义、肃反等等，都没有浮出水面而为大家所认识。如果不是像纪德那样到了苏联作实地考察，实在只好如鲁迅所说的那样，“居漫天幕中，幽明莫辨”。但是，即便如此，对于所知的苏联官方的各种决定，鲁迅也并非盲目认同。比如在文化方面，苏联对列夫·托尔斯泰的纪念，“奖其技术，贬其思想”；对于所谓“同路人”作家的贬抑，试图以官方决议的形式解决一般的文艺论争等等，都是他所怀疑的，不同意的；特别是头号“阶级敌人”托洛茨基，他颇赞同其文学思想，明知他已经“没落”，仍然多次称引过，运用过。说到交友的原则，他说是“取其大而舍其小”，其实这也是他“知人论世”的一个基本的方法。在大的方面，他认为苏联代表了普罗大众的利益，致力于奴隶解放。倘若没有积累到相反的信息，足以动摇和改变对这一政权的性质的根本看法，这位平民作家就不会像那些标榜“客观”的学者那样去指责它，因为这样一来，倒又多出了另一层“客观”，恰好投合反对苏联的政府当局的需要。这种相当于“取媚”的做法，是他所不能为，也不屑为的。

对于苏联，“一党专政”作为一种政体形式，并不曾引起鲁迅的重视。三权分立的西方民主政制，比起传统的各种独裁制度无疑是一种进步，但是，在鲁迅看来，两者完全有可能达致相同的效果；也就是说，形式在政治的实际操作中远非理论认识的那么重要。早在1907年，他写过一篇《文化偏至论》，说到近世文明时，把“国会立宪”概括为“众治”，而与传统的个人独裁相并论列，说是“压制乃尤烈于暴君”，还列举了“立宪且久”的西班牙葡萄牙诸国，说明宪政民主形式的迁变不是根本的。鲁迅是一个本质主义者。他指出，欧美之强，“根柢在人”，而不是物质主义和宪政主义。这里的“人”纯指个人，具有充实的“内部之生活”和“个性之尊严”的个人；“旨在立人”就是“尊个性而张精神”，重在国民个体素质的改造和培养，个人主义的发扬。在文中，他列举了一批“先觉善斗之士”，盛赞其“反社会民主之倾向”，力陈“众数”的不可靠。显然，他是主张以个人对抗集体，以精神对抗物质，以至物质化的一切形式，包括宪政主义在内的。如果缺乏具有自觉意识的个人，则很容易为打着各种民主旗号的政党和领袖所利用，或者自愿“与国民合其意志”，无条件服从国家专制。稍后崛起的斯大林的苏联与希特勒的德国，都是“一党专政”的，与其说要害在于破坏了现代民主宪政形式，毋宁说是以党和国家的名义剥夺和牺牲了任何个人。事实上，希特勒及纳粹的上台，恰恰是循守德国既定的宪法规范的。民元时期，中国也曾有过宪政民主运动，结果以宋教仁被刺告终。“共和”的果实先后落入巨奸的手里，从党章到国法，各种有关民主的规则条文，统统成了阴谋家左右其手的工具；“假改革公名”是常见之事，实际上“植党自私”而已。鲁迅是重“实质民主”而轻“形式民主”的，这与他自觉的奴隶身份以及自许的“精神界之战士”的使命有关；但是，对宪政形式的轻视或忽略，毕竟给他的政治思考留下一定的空洞地带。如果能够对政体形式问题有足够的警觉，或许能够在苏联评价态度上有更多的保留。当然，这并不妨碍鲁迅对实施“一党专政”所形成的新式独裁专制的反抗；甚至可以认为，唯其不重形式而重实质，所以对国民党政权的抨击能表现得更准确，更深入，也更彻底。

鲁迅到了上海以后，正值国民党南京政府正式建立以至相对稳定的时期。鲁迅概括说：“在‘清党’以后的党国里，讲共产主义是算犯大罪的，捕杀的网罗，张遍了全中国。”这时，鲁迅反对“一党专政”，开始逐渐从清党杀人转向“党国”杀人，转向对正统性和统一性的揭露上面；与此相联系的，就是对民间性、异端性、反叛性的辩护。他撰文直接评论官方的政策以及相关的政治行为，直至参与以争取自由人权为目标的民间团体，保持了作为批判的知识分子与实践的知识分子的某种一致性。由于鲁迅自觉地挑战党国的意识形态，这样，他不能不把主要的力量用于对付那些制定并实施文化政策的机构及其成员，对付全部的工作在于维护现存秩序的文化同行，所谓“知识阶级”，教授学者文人之流，即他所惯称的叭儿、宠犬、媚态的猫、脖子上挂着小铃铎的山羊。他的反抗，不能不带上文化斗争的性质。由于国民党政府的文化专制过于严酷，他唯以一个原始造反者的勇气和现代启蒙战士的智慧，创制一种文体，一种便利于战斗的武器：杂文。这种文体的最大特点，还不是讽刺和反语的运用，不是叙述风格学的，而是知识社会学的，是鲁迅在最广阔的历史语境里，把官方加以严密限制的信息、事件和思想，通过知识的相关性，使之神兵一般地在最需要的时刻出现。杂文是由专制主义所造就的一种反专制文体，是文体学上的“壕堑战”和“散兵战”。

吉姆·麦克奎甘在论及批判知识分子的时候，相应地使用了一个“不满的文化”（Culture of dissatisfaction）的概念，并且指出，这种不满的文化以其不间断的对传统力量和现存秩序的反抗，而成为文化监督范围内进步变革的主要动力，因此，它是所有官方文化政策驱之不散的幽灵。鲁迅在“一党专政”的独裁政体的压迫之下，以他的强韧持久而卓有成效的反抗，成为现代中国的“不满的文化”的一个永久性的象征。

反文学：『革命文学』

这是一出关于人道主义者的戏剧：鲁迅愤慨于国民党的“屠伯们”以共产青年的血洗自己的手，然而刚到上海，几乎立即陷入了一批青年共产党人的围攻之中。

由创造社元老成仿吾挂帅，纠集了刚从东京留学回国的冯乃超、李初梨、彭康、朱镜我、李铁声诸人，创办了一份新刊物《文化批判》。除创造社及老牌的《创造月刊》以外，蒋光慈、钱杏邨等人又成立了“太阳社”，出版了《太阳月刊》。两个社团互相之间有过摩擦，但是，提倡“革命文学”是一致的，攻击鲁迅也是一致的。

创造社成立之初，是主张“为艺术而艺术”的，与文学研究会的“为人生而艺术”颇不相同。现在，他们一反从前的姿态，强调的是文艺的宣传作用。被这批青年理论家标榜为五四以来唯一的一个“富有反抗精神”的作家郭沫若，著文反对“个人主义”，宣称“宁牺牲自己的个性与自由为大众人请命”，号召文艺青年“当一个留声机器”，否则，“那就没有同你说话的余地，只好敦请你们上断头台！”他们首次规定文艺批评的两个标准："反映着何种的意识"是首位的，"结构和技巧"是次要的。关于暴露黑暗和歌颂光明的问题，大约因为这是阶级意识在创作中的表现，因此特别重视。钱杏邨认为，如果要暴露黑暗，必须同时创造光明；没有光明的创造，那么暴露就是"盲目的暴露"。在他看来，鲁迅"始终是一个个人主义者"，"一切的行动是没有集体化的"，"不是革命的"，所以"眼光仅及于黑暗"。他写了《死去了的阿Q时代》，宣告"阿Q时代"早已死去；接着又写了《死去了的鲁迅》，宣告矜持于暴露黑暗的鲁迅自己也走到了尽头。在发表的论文中，夹带了大量的谩骂和恐吓，甚至纠缠于年龄、气量、年纪以至于牙齿的颜色。郭沫若化名杜荃的文章是最有代表性的。他把鲁迅描绘成极端仇视青年的"老头子"，"杀哟！杀哟！杀哟！杀尽一些可怕的青年！而且赶快！"最后，他这样"决定"鲁迅的"时代性和阶级性"：

> 他是资本主义以前的一个封建余孽。资本主义对于社会主义是反革命，封建余孽对于社会主义是二重的反革命。鲁迅是二重性的反革命的人物。……他是一位不得志的Fascist（法西斯谛）！

鲁迅被迫应战。

由于对方使用的是新式的理论武器，要做到知己知彼，他不得不购读大量日文版的社会科学著作，包括马克思主义著作。结果他发现，马克思并不如他的学生一般锻炼周纳，晦涩难解，作为一种明快的哲学，反而使他更清楚地观察到了这批青年理论家的症结所在，纠正了自己原来思想中的进化论的偏颇。他后来为《三闲集》作序时，声明说是"感谢创造社"，即是为此。马克思主义的阶级论，无疑丰富和深化了他的思想；在反驳新月派批评家梁实秋的"人性"论时，可以见到他对阶级论的熟练地掌握。但是，这位思想者不会让他的思想囿于某种主义和理论之中，例如在论及文学的阶级性时，他说明道："在我自己，是以为若据性格感情等，都受'支配于经济'（也可以说根据于经济组织或依存于经济组织）之说，则这些就一定都带着阶级性。但是'都带'，而非'只有'。"可见他并非那类"纯马克斯（思）流"，在他那里，阶级论同进化论，以及别样的理论一起互相补充，取舍唯在解决中国问题的效用如何。

现实中的问题一直困扰着鲁迅。其中，最急迫的问题是革命问题。党国的建立是否意味着革命的终结？如果有必要重提"革命"，那么将赋予它怎样的一种涵义？对于"革命文学"的思考，鲁迅不能不再度回到"革命"本身。他认为，只有弄清楚革命的实际境遇，才能根据文学对革命的态度，作出合适的判断。

革命，这是一个"褒词"还是"贬词"？是"好事情"

鲁迅前往光华大学讲演会场。1927 年 11 月 16 日

还是“坏事情”？大约这是只有学者一流才会提出的问题。在西方，对革命一词的一般看法，既包括法国大革命式的激进的变革，也包含了英国工业革命的渐进方式。霍布斯鲍姆的名著《革命的时代》，即从“二元革命”的方向进行论述。阿伦特在《论革命》中追溯革命的缘起，认为自18世纪以来，“革命”含有暴力的意义。但是，使用暴力又如何呢？当除去暴力以外的其他手段不足以推翻现实中的罪恶的社会关系时，当统治阶级已经无法通过和平对话的方式服从公意，甚至公然蹂躏由它自身制订的法律而使暴力合法化时，人民有权实行暴力革命。正如卢梭在《论人类不平等的起源和基础》中所说：“以绞杀或废除暴君为结局的起义行动，与暴君前一日任意处理臣民生命财产的行为是同样合法。暴力支持他；暴力也推翻他。一切事物都是这样按照自然的顺序进行着，无论这些短促而频繁的革命的结果如何，任何人都不能抱怨别人的不公正，他只能怨恨自己的过错或不幸。”否定革命存在的合理性，便否定了人民主权本身。革命是一种方式，一种手段，但首先是一种权利，任何人都无权从人民那里夺走这一权利。鲁迅是赞成革命的。他说：“其实‘革命’是并不稀奇的，惟其有了它，社会才会改革，人类才会进步，能从原虫到人类，从野蛮到文明，就因为没有一刻不在革命。”革命有种种。他就曾经有过“大革命”和“小革命”之分，“小革命”是指渐进的、改良的，“大革命”则是激进的，包括使用暴力在内。他并不反对小革命，当然也不反对大革命，只是反对伪革命和反革命。所谓反革命，就是对反动权势的依附，对现存的黑暗秩序的颠覆的颠覆。至于伪革命呢？他在稍后的一次同样关于文艺问题的讲演——其中很大的成分仍然是针对创造社的——中说到中国的革命，说："至今为止的统治阶级的革命，不过是争夺一把旧椅子。去推的时候，好像这椅子很可恨，一夺到手，就又觉得是宝贝了，而同时也自觉了自己正和这'旧的'一气。"朱元璋曾被尊为"民族的革命者"，其实大谬；现今的领袖又何尝不是？这位从青年留学日本时起即倾心于革命的人，从辛亥革命，到二次革命，一直到后来的国民革命，看来看去，他便觉得迄今为止中国的所有革命都不算数，一切都得从头来过。

他既否定了已经发生的革命，未来的革命如何呢？从革命文学者的本身，他看到，革命被演变成为一种"流氓"行为，其一是"将革命使一般人理解为非常可怕的事，摆着一种极左倾的凶恶的面貌，好似革命一到，一切非革命者就都得死，令人对革命只抱着恐怖"；其二是"没有一定的理论，或主张的变化并无线索可寻，而随时拿了各种各派的理论来作武器"。这样的"将为将来柱石的青年"，自己没有坚定的信仰，又不容异己，"惟我是无产阶级！"，那情形是可怕的。他说，倘使他们真像列宁一样掌握了政权，地位将要飞跃又飞跃，而像他自己一类的人物，则将被划到更反动的阶级里，那样至少也得充军到北极圈内去。这并非是鲁迅在驳难时使用的夸张的语言，无论是作为个人主义者，还是作为人道主义者，对于未来的革命，他都怀有一种根本性的焦虑。

早在广州的时候，即有“革命文学”之说，还有过什么“革命文学社”之类。文学与革命的关系到底如何？鲁迅曾在黄埔军校做过一回讲演，题目就叫《革命时代的文学》，分三个阶段考察：一、大革命之前，所有叫苦鸣不平的文学不是革命文学，倒是压迫者乐意看到的，因为等于喊冤；怒吼的文学、复仇的文学也不算革命文学。二、大革命时代没有革命文学，连文学也没有，因为文学总是需要余裕的。三、大革命成功之后，有两种文学：对新制度的讴歌和对旧制度的挽歌。但中国是没有的，因为中国的革命没有成功，不过是“奉旨革命”，整个社会没有改变。即使有歌颂革命的文学，也不能算作“革命文学”。可见鲁迅对“革命文学”这个名词，基本上是抱虚无的态度的。这固然与他对中国革命的看法有关，也与他的文学观念有关；他认为，文学是一个民族的文化的自然产物，不是任何宣言所可改变的。清党以后，革命已从对于强暴者的革命转变为对于失败者的革命，那么，所谓“革命文学”是什么东西呢？鲁迅作《革命文学》一文，指出：“世间往往误以两种文学为革命文学：一是在一方的指挥刀的掩护之下，斥骂他的敌手的；一是纸面上写着许多‘打，打’，‘杀，杀’，或‘血，血’的。”显然，这是御用的“革命文学家”的最痛快而安全的制作。当此革命遭到挫败时而忽然旺盛起来的创造社派的“革命文学”，虽然没有绕着指挥刀的刀尖旋转，但也同样采取激昂的、凶恶的、充满恐怖感的宣传姿态。这样的“革命文学”，鲁迅指出，“许多许多是并不是滋养品，是新袋子里的酸酒，红纸包里的烂肉”；甚至指为含有砒霜的食物，同“故作激烈的所谓‘唯物史观的批评’”一样，对于真正的革命反倒是有害的。

在与创造社关于“革命文学”的论争中，鲁迅始终保持低调。他不赞成把革命从文学分开，凌驾于文学之上，而是把革命，所有观念性的东西统一到文学那里。文学必须首先成为艺术，具有文学性，然后才是其他。他认为，所谓“革命文学”是反文学的，在文学问题上，显示了作为一个专门家的出色的专业眼光。这次论争，在许多问题上，如文学的性质、文学与时代、文学与意识、文学与生活等等，不仅仅是重新回到五四时期的“人的文学”的主题，而且有了新的开拓。其中，文学精神仍然是最重要的。通过论争，双方都把各自的观念系统化了，从而构成中国现代文学中现实主义与反现实主义两大传统的对抗的开端。

从发生的意义上说，文学是作家心中自然流露出来的，并且以流露本身为满足。因此，一切对于文学的“服务”和“宣传”之类的要求，都是强制性的，违背文学自身的性质的。鲁迅在《文艺与革命》中有一个很著名的比喻的说法：“但我以为一切文艺固是宣传，而一切宣传却并非全是文艺，这正如一

鲁迅在东亚同文书院讲演，题为《流氓与文学》。1931 年 4 月 17 日

切花皆有色（我将白也算作色），而凡颜色未必都是花一样。革命之所以于口号，标语，布告，电报，教科书……之外，要用文艺者，就因为它是文艺。”文艺作品应当是一个美学的自足的世界，宣传只是通过审美而显现的一种客观效果；如果为了宣传，把外在于作家主体的意识形态和思想观念的东西塞进作品，必将从内部瓦解艺术。在稍后的一篇关于小说题材的通信中，鲁迅说：“如果是战斗的无产者，只要所写的是可以成为艺术品的东西，那就无论他所描写的是什么事情，所使用的是什么材料，对于现代以及将来一定是有贡献的意义的。为什

么呢？因为作者本身便是一个战斗者。”在这里，前提是，而且只能是艺术品。与此同时，他强调了艺术产生的本然性，也即作家的真诚。真诚是作品的生命。正如他曾在《怎么写》里说的：“幻灭之来，多不在假中见真，而在真中见假。”宣传把艺术品当工具，难免要破坏真诚，因为那不是固有的东西。鲁迅多次说过，他对“宣传品”一类的东西是心存疑虑的，说：“对于先有了‘宣传’两个大字的题目，然后发出议论来的文艺作品，却总有些格格不入，那不能直吞下去的模样，就和雒诵教训文学的时候相同。”但也表示说：“发抒自己的意见，结果弄成带些宣传气味了的伊孛生等辈的作品，我看了倒并不发烦。”理由就是易卜生等人的宣传样的作品，首先是“发抒”自己的；至于“宣传气味”，只是因为有了自己的意见之后给“弄”出来的罢了。

在稍后给《自选集》作序的时候，鲁迅曾戏说自己五四时期的作品是“遵命文学”，“革命文学”，因为当时所取的步调和文学革命的前驱者是一致的；其中也不无一点“宣传”的动机，即“喊几声助助威”，但是重要的，遵命不是“服务”，而是来自“对于热情者们的同感”。所以，在他进一步解释“遵命文学”的时候，会强调说，“我所遵奉的，是那时革命的前驱者的命令，也是我自己所愿意遵奉的命令，决不是皇上的圣旨，也不是金元和真的指挥刀”。

歌颂光明和暴露黑暗问题。在新文学的发轫期，文学没有禁区。为艺术而艺术，为人生而艺术；讴歌自然，崇拜自我，礼赞神圣劳工；破坏偶像，打倒权威，诅咒万恶社会，都无不可。自然也有一些如鲁迅说的那类“含泪的批评家”，在个性解放的潮流面前拼命维护旧礼教，但是，这只是道德的约法而已，对文学仍然没有约束，把社会生活和想象世界划分为不同的管辖区，并且具体规定了作家的立场、态度和方法，对于一部中国文学批评史来说，大约就从这个时期开始。凡文学，一定要歌颂光明，如果现实中没有光明，就制造光明，因为未来是代表光明的。这样，文学的真实没有了，自由没有了。一切都落入了一个预设的框架。苏联的无产阶级文化派最早制造了这样的框架，中国的革命文学家把它全盘接受过来了。

而鲁迅恰恰把黑暗看成是实有的。光明是什么呢？如同希望一样，那是未来的，隐匿的，不可知的。那是绝望的虚妄，是一种可能性。但是，他认为不能把可能描写为实有，相反要揭示这光明的虚妄；所谓光明或者希望，只是形成于反抗的过程中。文学家的反抗，正在于暴露黑暗。革命文学家与此相反，他们的所谓“斗争”，却是对暴露和反抗的否定。在论争中，鲁迅对创造社的批评，主要在于创造社不敢正视现实中的“暴力和黑暗”，即他说的“超时代”；至于“挂招牌”，“吹嘘同伙”之类，还在其次。他指出：“革命文学家不敢正视社会现象，变成婆婆妈妈，欢迎喜鹊，憎恶枭鸣，只检一点吉祥之兆来陶醉自己，于是就算超出了时代。”他多次使用

"超时代"一词，概括革命文学家的要害问题，指出："超时代其实就是逃避，倘自己没有正视现实的勇气，又要挂革命的招牌，便自觉地或不自觉地必然要走入那一条路的。身在现世，怎么离去？这是和说自己用手提着耳朵，就可以离开地球者一样地欺人。社会停滞着，文艺决不能独自飞跃，若在这停滞的社会里居然滋长了，那倒是为这社会所容，已经离开革命，其结果，不过多卖几本刊物，或在大商店的刊物上挣得揭载稿子的机会罢了。"他后来说创造社是"才子+流氓"，这"才子"就指的是"大团圆"迷幻，"畏惧黑暗，掩藏黑暗"。其实，"革命文学"只是一个"伟大的招牌"，制造的是自欺欺人的"骗局"。在给叶永蓁的小说《小小十年》做的《小引》里，他这样写道："中国如果还会有文艺，当然先要以这样直说自己所本有的内容的著作，来打退骗局以后的空虚。因为文艺家至少是须有直抒己见的诚心和勇气的，倘不肯吐露本心，就更谈不到什么意识。"真正的文学，第一内容要是"本有"的，第二要是"自己"的；而就作家自己的一面而言，"诚心和勇气"是最基本的，就是说，第一是属于"本心"的，第二才说到"意识"的，无论何等正确的意识，也都不过如此。

所谓世界观问题。在"革命文学"论争的时候，好像"世界观"这个词还不见怎么流行，却是争论的中心问题之一。对于创造社一派来说，由于强调阶级意识，因此常常给对方戴上

鲁迅在复旦大学讲演，题为《革命文学》。1927 年 11 月 2 日

敌对阶级或没落阶级的帽子。说到作家主体方面，鲁迅并不限于观念意识，而是把它扩展到包括人格在内的整体的精神结构，因此总是说“人”；说到“革命文学”时，就说“革命人”。譬如说：“革命与否，还在其人，不在文章的”；“为革命起见，要有‘革命人’，‘革命文学’倒无须急急，革命人做出东西来，才是革命文学”。他还说过一段很著名的话：“我以为根本问题是在作者可是一个‘革命人’，倘是的，则无论写的是什么事件，用的是什么材料，即都是‘革命文学’。从喷泉里出来的都是水，从血管里出来的都是血。‘赋得革命，五言八韵’，是只能骗骗盲试官的。”这种文学观，

基本上是一种自然主义的态度。他反对“趋时”，反对硬造那类“突变式的革命英雄”，但是，又强调指出：“不可苟安于这一点，没有改革，以致沉没了自己。”他认为，一个作者，是应当考虑到“对于时代的助力和贡献的”。作为一个启蒙思想战士，他不能不对文学提出进一步的道德要求。只是这一要求，不致损害文学的真实性，首先是主体意识的确然性。“最好是意识如何，便一一直说，使大众看去，为仇为友，了了分明。”他说，“不要脑子里存着许多旧的残滓，却故意瞒了起来，演戏似的指着自己的鼻子道，‘惟我是无产阶级！’”

大的方面是国民性的改变，至于个人方面，则是素质的改变。个体素质的改变同样是困难的，所以鲁迅由来反对“突变”之说，虽然也不排除改变的可能性。精神结构有两个层次，一是人性和阶级性，一是意识与无意识。人性借阶级性而表现，但阶级性并不能代表人性，就像鲁迅说的，不是只有阶级性而已。阶级意识这东西，也不足以代表全部意识，更不要说无意识。因此必须弄清楚，所谓“革命文学”，到底要求个人改变的是哪些成分，所谓世界观的改造，是否意味着以阶级性摧毁共同的人性，摧毁所有个人在内心建构的隐蔽王国？在中国，批判小资产阶级以及小资产阶级文学，也就是在这个时候开始的。知识分子就算小资产阶级吗？个人主义，人道主义，就都算小资产阶级文学的思想范畴吗？对此，鲁迅是持明确的否定态度的。他说：“有人说，‘小资产阶级文学之抬头’了，其实是，小资产阶级在那里呢，连‘头’也没有，那里说得到‘抬’。”他是反对贴这种阶级标签的，因为这类标签，不但于文学没有助益，反而帮了专制者的忙，增加对被称为小资产阶级的知识分子作家的精神压迫。

创造社与新月社——通过梁实秋——对鲁迅的论争，从左右两翼完善了鲁迅的文学思想。梁实秋唯人性论，精英文化主义；革命文学家则唯阶级论，代表“普罗大众”。到了左联以后，“大众化”问题的提出，有苏联的影响，政治宣传的实际需要，但是，同时也是革命文学论争的一个延续。在文艺为什么人的问题上，唱高调的“彻底”论者，基本上重复了创造社的理论，主张什么都要配大众的胃口，说话作文，越俗越好。鲁迅认为，这种倾向发展开来，要不自觉地成为“新国粹派”。他指出，文艺不能设法俯就，这样很容易流为迎合大众，取悦大众，做“大众的新帮闲”，不会于大众有益的。他赞成有为大众设想的作家，作浅显易解的作品，但并非全都如此。现在只是为大众能普遍鉴赏文艺的时代做准备，所以说，“倘若此刻就要全部大众化，只是空谈”。

论战持续了将近一年，然后偃旗息鼓。临到最后，革命文学家的理论在一个长于论辩的好斗者的面前，成了强弩之末；党组织从内部进行干预，也未始不是一个原因。在环境最险恶的时候，鲁迅还说要“硬唱凯歌”，这种由对方首先休战的结局，当然让他感到快意。他告诉朋友说：“上海书店有四十余家，一大队新文豪骂了我大半年，而年底一查，拙作销路如常，捏捏脚膀，胖了不少，此刻差堪告慰者也。”

但是很快地，鲁迅就同革命文学家们走到同一个营垒中来了，这就是1930年3月2日中国左翼作家联盟的成立。对于鲁迅加入左联，各式人物有各式说法，一说是投降中共，说是为中共所利用，一说是领袖欲，诸多解说，妄加猜测而已。鲁迅本人在左联成立的当月，有信致章廷谦，其中做“人梯”的自白，博大仁厚，诚挚感人。然而，他一面甘于被进步青年所利用，一面又对结盟的青年表示不信任。这才是事实的本相。即使成了“战友”，他也不忘重提这次“革命文学”的战事，且同样以令人不愉快的批判的态度出之。在左联成立大会上的讲话如此，甚至到了“两个口号”论争时，仍然如此。鲁迅所以重视这次论战，是因为在中国这样的社会文化背景之上，“革命文学家”的“左倾”理论，文化组织的宗派色彩，运动式、围剿式的论争方式，是最容易发生，而且十分危险的。在某种意义上说，“革命文学”是对五四新文学的一个反动；因此，鲁迅的斗争，实际上带有保卫五四精神——一场现代启蒙思想运动的斗争成果的意义。

1942年，毛泽东在战时延安作了一个著名的关于文艺的纲领性的讲话。这个讲话，可以说是1928年“革命文学”论争时创造派的观点，以及左联时期左翼批评家关于“大众化”的讨论，“自由人”和“第三种人”的论争，现实主义问题的

鲁迅设计《呐喊》封面

论争等一些观点的整合。其中，文艺为什么人的问题、文艺即宣传的观点、政治第一的观点、关于歌颂与暴露的观点、改造世界观的观点，都是直接源于这场论争。事实上，毛泽东的《在延安文艺座谈会上的讲话》，是在此基础上所作的更系统的整理，更明确的阐述，更带权威性的发挥。胡风在新中国成立后遭到整肃，最根本的问题，还是与毛泽东的文艺思想不相一致，甚至构成对立。胡风更多地维护了文学的个人性和艺术性，在不少问题上保留了鲁迅的影响，也就是说，坚持了与鲁迅较为近似的看法。

日本学者木山英雄在一篇文学论文中，专门论述了所谓“《讲话》的构想和鲁迅的构想”问题。通过比较，他认为，两者是不同的。

自由与人权

国民党政府的成立，改变了现代中国的整体的政治文化格局。正如齐格蒙·鲍曼说的："国家政治的统一，需要文化改造运动相伴随，需要文化价值之普遍性这一假设，后者既是政治统一在思想层面上的反映，同时也是在思想层面上赋予政治统一以合法性。"从这时候开始，所有的文化活动，都在维护还是对抗强权统治，加强还是削弱政府的力量这一基本主题下展开。

五四新文化运动作为一场旨在破坏偶像，提倡科学民主的知识分子的自治运动，一时间，几乎使所有的自由主义者、无政府主义者、社会主义者都变做了激进主义者，但是，以陈独秀和胡适的个人行为为标志的内部分化很快出现了。陈独秀开始组党，按照"民主"的思路，试图发动和掌握多数。胡适一则踱进研究室，发扬"科学"，"整理国故"；一则创办《努力》周报，倡言"好人政府"和"好人政治"。由胡适的好友王世杰主编的《现代评论》，倾向于维持现实政治，这批基本上由学者教授组成的撰稿人，在学潮面前竟然压制学生和偏袒政府。有意思的是，顽固对抗新文化运动的，以梅先迪、吴宓为代表的学衡派，与在新文化运动中兴起的、在知识界影响日渐扩大的现代评论派在维护传统、权威、秩序的前提之下，变得一致起来。这批人物都是有着共同的留学欧美的文化背景，被后来的学界尊为中国第一代自由主义者，其实他们要求的唯是受政府保护的、规范的、有限的自由。

还在北伐战争进行途中，国民革命的势力日渐壮大的时候，现代评论派即开始移师南下。鲁迅最早注意到这种情况。这批对政治权力怀有兴趣的人物，在蒋介石建立南京政府后，即在《现代评论》上发表《南京政府》《清党运动》《党治与民治》《党治与舆论》《党治的铁律》《国民党目下的机会》等文，赞成清党，赞成国民党的“舆论一律”，表示效忠于新政府，做政府的“诤臣”。至于胡适，他的倾向国民党政府有一个过程。在此之前，如拜见末代皇帝溥仪，参加执政府的善后会议，在与政府的合作问题上与现代评论派引为同调，都可以看作他的转向在人格上思想上的基础。1925年南下时，他也曾在政治上有过亲俄和亲南方集团的表示，而这时，对五四的阐释也从反传统的个人立场转向强调“民族”和“传统”的方面。周作人曾经指出，胡适对于清党的态度是保持“当世明哲”的身份，而对杀人“视若无睹”。胡适则说，国民党的清党行为能得到吴稚晖、蔡元培等人的支持，新政府“是站得住的”，而有了他们的道义力量的支持，政府便可以获得“我们的同情”。1928年，他到了南京，发现大批英美派“熟人”为国民党所用，在5月19日全国教育会议第四次大会上，他发表讲话，要求政府“第一，给我们钱；第二，给我们和平；第三，给我们一点点自由”。从此，他和他的朋友们致力于加强国家权力的建设，宪政建设，恢复和巩固为五四所破坏的实际上已经变得松弛了的统一的旧秩序。

知识与权力的重新结盟，开始时不免有点暧昧。1929年，一度出现严重的危机，这就是由胡适带头，以《新月》杂志为中枢而发动的所谓“人权运动”。自由主义者和集权主义者突然兵戎相见了。

大约胡适觉得连他要的“一点点自由”也受到了限制，特别在三月下旬，上海特别市代表、市教育局局长陈德征在国民党第三次代表大会提交的《严厉处置反革命分子案》在报上刊出以后，他随即给老友、国民党政府司法院院长王宠惠写信，另将信稿写给国闻通讯社，被检查者扣留，于是在《新月》第二卷第二号发表《人权与约法》一文，算是带头发难。文章开始便质疑4月20日国民政府颁发的关于保障人权的命令，指出命令中所规定的“自由”是不明确的，所谓“依法”是不具体的，而且政府或党部的非法行为并没有受到限制，所以有“很重要的缺点”。他建议，必须制定宪法，以确定法治基础，保障人权。同期还刊出罗隆基的《专家政治》，强调说，“要解决中国的政治问题，最紧要的是专家政治”。接着，《新月》第三号以头条发表梁实秋的《论思想统一》，反对思想统一，要求思想自由。在第四号上面，胡适又发表了两篇文章：《我们什么时候才可有宪法？——对于建国大纲的疑问》和《知难，行亦不易——孙中山先生的“行易知难说”述评》；此外，还刊登了胡适和汪羽军、诸青来关于《人权与约法》的讨论文章。胡适在文章中把国民党的“根本大错误”引向孙中山，再三强调“约法”与“专家政治”，咄咄逼人说：“不但政府的权限要受约法的制裁，党的权限也要受到约法的制裁。如果党不受约法的制裁，那就是一国之中仍有特殊阶级超出法律制裁之外，那还成‘法治’吗？其实今日所谓‘党治’，说也可怜，哪里是‘党治’？只是‘军人治党’而已。”他要的是专家治理“党国”，而这批议政的专家，却已经站在政府的门槛外边了。

文人的这种不顾体面的挑衅是不能容忍的。政府当局一方面由宣传机关组织御用文人反击，一方面通过党部向胡适直接施压。8月至9月间，上海特别市党部接连开会，通过决议呈请中央严惩“反革命”胡适，并撤销其中国公学校长职务。全国许多省市如上海、青岛、天津、北平、江苏、南京等地的党部先后呈请中央，要求对胡适予以严惩。中央有关部门及政府也都向胡适发出警告，教育部部长蒋梦麟于10月4日签署了教育部训令寄给胡适。胡适也不买账，随即将部令退回。继《新月》第四号遭到查禁，国民党中央宣传部部长叶楚伧亲自挂帅，集中人马在《中央日报》《民国日报》等大报批驳胡适，另外还出版了《评胡适反党义近著》第一集。《新月》同人进行了还击，刊物第五号发表罗隆基的长文《论人权》，六七号合刊上还刊出胡适的《新文化运动与国民党》，罗隆基的《告压迫言论自由者——研究党义的心得》，以及《苏俄统治下之国民自由》等，文章更为集中，措辞也更为激烈。1930年1月，胡适、罗隆基、梁实秋等三人有关人权问题的文章，结集为《人权论集》，由胡适亲自作序，交新月书店出版。2月5日，国民党中央宣传部发出密令，查禁并焚毁《新月》六七号合刊；5月3日，上海市党部又发出训令，查禁《人权论集》。罗隆基于11月4日被捕，胡适则在辞去中国公学校长职务后，于年底离开上海，出任北京大学文学院院长兼中文系主任。好在政权刚刚建立，控制未及完善，大知识分子尚可相对自由流动，胡适也因此得以成为“漏网之鱼”。

对胡适来说，当然及时表态也有关系。他在主动撤离火线后，很快发表《我们走那条路？》这篇文章，提出中国目前的“五大敌人”是贫穷、疾病、愚昧、贪污和扰乱，它们不是用暴力的革命所可打倒的，从而呼吁“不满意于现状的人”，“要用自觉的改革来替代盲动的所谓‘革命’”。所谓“自觉”，就是说，“替社会国家想出路”，“寻一条最可行而又最完美的办法”，“建立一个治安的，普遍繁荣的，文明的，现代的统一国家”。在这里，胡适明明白白向政府表示“第二种忠诚”。其实，早在《人权论集》序言中，他已经作出这样的表示，只是操刀者不加细察罢了。他那时便说：“我们所以要争我们的思想、言论、出版的自由，第一，是要想尽我们的微薄能力，以中国国民的资格，对于国家社会的问题作善意的批评和积极的讨论，尽一点指导、监督的天职；第二，是要借此提倡一点新风气，引起国内的学者注意国家社会的问题，大家起来做政府和政党的指导监督。”他以明末周栎园著的《栎园书影》中的鹦鹉自况，说是当此“大火”的时候，“实在不忍袖手旁观”；又说：“我们明知小小的翅膀上滴下的水点未必能救火，我们不过尽我们的一点微弱的力量，减少良心上的一点谴责而已。”

当时，即有读者致信胡适，说，“《人权论集》不但不是要加害于党国的宣传品，依我看，倒能帮助党国根基的永固”。正因为有了这种向党国效忠的立场，所以，胡适的论人权的文章能得到包括蔡元培在内的一批开明的党内元老的赞赏，能为汪精卫等改组派所利用。在胡适本人，也是乐于做“思想上的诸葛亮”，为政治人物所利用的。就在组织“平社”的时候，他一面同来华的英美政治家商讨“中国问题”，一面为财政部部长宋子文设计政治改革方案。他怂恿宋子文出面领导政治，甚至代宋子文起草辞职电报，积极充当智囊角色。所以，他最后能为蒋介石所罗致，成为“廷臣”，不是偶然的。他向宋子文说：“我们的态度是‘修正’的态度：我们不问谁在台上，只希望做点补偏救弊的工作。补得一分是一分，救得一弊是一利。”他在日记中总结道：“近来与人谈政治，常说：民国十一年，我们发表一个政治主张，要一个‘好政府’。现在，——民国十九年，——如果我再发表一个政治主张，我愿意再让一步，把‘好’字去了，只要一个政府。”

对于英美派文人学者，鲁迅一直是有看法的。现代评论派曾经是他在北京时期的死敌，他们与新月派虽然挂的是两块招牌，其实是一彪人马，而且都是认同胡适为精神领袖的。新月派关于“人权”言论引发的风波，在鲁迅这位旁观者的眼中，不过是主人与奴才之间的一场误会，一场无谓的吵闹而已。在当时的知识界，还没有第二个人有过如此独到的、深入的、准确的观察，足见中国的知识者整体是怎样的一种奴态，从经验到理性，是怎样的贫弱，而又互相脱节。

从1929年到1933年，鲁迅针对新月社批评家以及所谓“人权运动”，陆续发表过几篇文章，以杂感式的轻蔑的语言，对专制统治者和试图卖身投靠的知识分子败类进行了嘲笑和批判。他的第一篇近于表态的文章是《新月社批评家的任务》，文章指这批批评家在“人权运动”的小闹剧中，扮演的唯是“刽子手和皂隶”的角色；他们杀掉“杀人犯”，遵大老爷之命“打斗殴犯人的屁股”，这类打人和杀人的行为都是正当的，合法的。文章说，这些批评家也是不满于于现状者，一是不满于“现在竟有不满于现状者”的现状，本意帮忙主子“维持治安”，却为别一种治安法所不许，于是不免对现状生出又一种不满来。在针对梁实秋的《“硬译”与“文学的阶级性”》一文中，最后特意提及新月社群体，指出：“以硬自居了，而实则其软如棉，正是新月社的一种特色。”他说：“这一回，新月社的‘自由言论’遭了压迫，照老办法，是必须对于压迫者，也加以压迫的，但《新月》上所显现的反应，却是一篇《告压迫言论自由者》，先引对方的党义，次引外国的法律，终引东西史例，以见凡压迫自由者，往往臻于灭亡：是一番替对方设想的警告。”接着，用小说家的手法总结道：“新月社的‘严正态度’，‘以眼还眼’法，归根结蒂，是专施之力量相类，或力量较小的人的，倘给有力者打肿了眼，就要破例，只举手掩住自己的脸，叫一声‘小心你自己的眼睛！’”

梁实秋发表文章说，现在“有真识的人”，他们的责任不仅仅是冷讥热讽地发表一点“不满于现状”的杂感而已，他们应该更进一步地去求一个“积极医治‘现状’的药方”。这类要所谓“建设性意见”的“积极”的“立”的学者，实在远不只新月派一流。到底哪一个“药方”，哪一种主义更好一点呢？鲁迅发表《“好政府主义”》回应说：“被压榨得痛了，就要叫喊，原不必在想出更好的主义之前，就定要咬住牙关。”从胡适到梁实秋们所奉行的“好政府主义”，其实就是“咬住牙关”的主义，并没有信仰的内容，等于药方上开的不是药名，而是“好药料”字样，以及一些唠唠叨叨的名医架子的“主张”，所以是“好药料主义”。

《知难行难》一篇，好像是鲁迅的第一篇也是最集中的一篇对付胡适的文章。文章一开始就把话题定在知识者与权力者的关系上面，也就是说，鲁迅要把问题引向中国传统知识分子的奴性上面——实质性的方面。他说：“中国向来的老例，做皇帝做牢靠和做倒霉的时候，总要和文人学士扳一下相好。做牢靠的时候是‘偃武修文’，粉饰粉饰；做倒霉的时候是又以为他们真有‘治国平天下’的大道，再问问看，要说得直白一点，就是见于《红楼梦》上的所谓‘病笃乱投医’了。”接着，便直接引出胡适先后为“宣统皇帝”和蒋介石召见二事，还特意把胡适怎样称呼——“我叫他皇上”，或“我称他主席”——放大出来，暗示一种关系，传神地勾画了胡适一流为当局设想和乐于为当局所利用的奴才心态。文章有一个容易被忽略，其实是很重要的地方，就是说到主权讨论“大局”问题时，作者插话道：“这‘大局’也并无‘国民党专政’和‘英国式自由’的争论的麻烦，也没有‘知难行易’和‘知易行难’的争论的麻烦。”第一个“麻烦”，要说的是中国的独裁专制政体与英美民主政体相去甚远，而胡适一流学者不忘把外国的一套法规搬来，其实根本是不合适的。第二个“麻烦”是指胡适们要求政府修正“知难行易”一说，“充分请教专家”，实现“专家政治”，实际上意在参政。所以，文章引了罗隆基的话，说是“根本改组政府”，“政治的意见，是可以牺牲的，是应该牺牲的”；既然政见可以牺牲，还争什么政治呢？直到1933年4月，鲁迅还写了一篇很锋锐的文章，就是《言论自由的界限》。文章从《红楼梦》说起，说在贾府这个言论颇不自由的地方，焦大以奴才的身份，仗着酒醉，从主子骂起，直到别的一切奴才，说只有两个石狮子干净；结果主子深恶，奴才痛嫉，给他塞了一嘴马粪。“其实是，焦大的骂，并非要打倒贾府，倒是要贾府好，不过说主奴如此，贾府就要弄不下去罢了。然而得到的报酬是马粪。”文章指出，“新月社诸君子”因“人权运动”而不幸有了和焦大相类的境遇：“他们引经据典，对于党国有了一点微词，虽然引的大抵是英国经典，但何尝有丝毫不利于党国的恶意，不过说：‘老爷，人家的衣服多么干净，您老人家的可有些儿脏，应该洗它一洗’罢了。不料‘荃不察余之中情兮’，来了一嘴马粪：国报同声致讨，连《新月》杂志也遭殃。”但接着说到后来的转机：“现在好了，吐出马粪，换塞甜头，有的顾问，有的教授，有的秘书，有的大学院长，言论自由，《新月》也满是所谓‘为文艺的文艺’了。”毕竟是奴才，他们所要的东西，最后都从主人那里得到了。主奴世界就这样一直延续下来，对此，作者讽刺道：“文人学士究竟比不识字的奴才聪明，党国究竟比贾府高明，现在究竟比乾隆时候光明：三明主义。”明显地，“三明主义”是三民主义的另一种调侃的读法。那么，作为基本人权之一的言论自由是什么呢？作者代为解释说，“现在的言论自由，只以能够表示主人的宽宏大度的说些‘老爷，你的衣服……’为限”；倘若“还想说开去”，就是对“言论自由”的“误解”，因为“世界上没有这许多甜头”。鲁迅攻击的最终目标，仍然在“党国”和政府，所以临末还补充说道：“要知道现在虽比先前光明，但也比先前利害，一说开去，是连性命都要送掉的。即使有了言论自由的明令，也千万大意不得。”也就是说，如此政府是没有任何理性可言的，奴才所以遭灾的原因便出在这里。作者用谐谑的语调肯定这个结论，说：“这我是亲眼见过好几回的，非‘卖老’也，不自觉其做奴才之君子，幸想一想而垂鉴焉。”

一年后作《隔膜》，说的还是像新月社诸君子一样的“不自觉其做奴才之君子”，但是那结局是无法比拟的。清朝乾隆年间，山西生员冯起炎，闻知乾隆皇帝将谒泰陵，便身怀著作，意图呈进，结果在路上徘徊时，先以“形迹可疑”被捕，后从重发往黑龙江等处，给披甲人为奴。这样的惨案很不少，倘问来由，都只因为“隔膜”。这是鲁迅从中国知识分子历史中的一大发现，但是这个发现，却并不为后来的知识者所重视。对于权力者与知识者，鲁迅是从政治格局所规定的控制与被控制的角色进行阐释的。他说：“奴隶只能奉行，不许言议；评论固然不可，妄自颂扬也不可，这就是‘思不出其位’。譬如说：主子，您这袍角有些儿破了，拖下去怕更要破烂，还是补一补好。进言者方自以为在尽忠，而其实却犯了罪，因为另有准其讲这样的话的人在，不是谁都可说的。一乱说，便是‘越俎代谋’，当然‘罪有应得’。倘自以为是‘忠而获咎’，那不过是自己的胡涂。”鲁迅要指出的是，要说人权，就要明白这是一个不把人当人的“党国”；要说言论自由，也就必须明白，在一个严格区分了主奴的国度里，言论是有界限的。倘问，我们要不要自由和人权呢？鲁迅的结论当然是一定要的。在答《中学生》杂志社问时，他说得很明确：“第一步要努力争取言论的自由。”对党国的奴隶而言，言论自由的权利是最基本的，而争取的态度也是最基本的。所谓“争取”，其中有着多种方法方式的选择的可能性，唯有一种不可能，就是乞求专制政府的施与，像胡适等新月社诸君子那样。

哈耶克说：“当失去自由时，自由才会受到尊重。”1927年以后，人民已然失去了自由；这时，谁尊重自由了呢？对于自由，西方的自由主义者，他们并非要求政府赐予并且加以保护的，相反，毋宁说他们根本不信任政府，甚至敌视政府。美国民主的奠基人之一潘恩在《常识》里也这样说：“社会在任何状态下都是一种福祉，而政府，即使当它处于最佳状态时，也不过是一件不得已的祸害。”穆勒在著名的《论自由》里指出：“所谓自由，是指对于统治者的暴虐的防御。”正因为如此，他们的所有主张，几乎都在于如何限制统治者的统治权。他们普遍认为，人民的意见是最高权威，也就是说，民主是自由的保证。但是，在这里，多数的赤裸裸的权力是不允许的，他们跟独裁者一样无权向个人施以无章可循的暴力。对于民主制政府而言，其根本性的完善，其实也是最大的困难，仍然像穆勒说的那样，在于“如何在一个民主社会里为个人抵抗统治权力提供一种社会支持，即一种支点”。对统治权力的个人抵抗，是所有真正的自由主义者的集合点。胡适们刚好相反，不但放弃了个人抵抗，而且与专制政府达成全面合作，这是怎样的一种自由主义呢？关于自由主义在中国的境遇，费正清曾经做过这样的总结：“我们现在能看清杜威的长时期访问可能是美国自由主义在中国的顶点。到1932年一党专政作为中国的新的政体已牢固地建立起来，北京的自由主义者实际上已软弱无力地悬挂在政治的葛藤上。但是他们的讨论典范对中国的最终进步是很重要的。”费正清在华期间，与中国的留学英美的学者有过广泛的接触，对他们的软弱性和依附性是了解的。至于对他们的有关自由主义讨论的肯定性的评价，侧重的是理念的引进，而不是政治实践及实际效果。但是，对他们为此所付出的代价，费正清并没有作出必要的评估。

鲁迅在《两地书》中有一段话说：“在中国活动的现有两种‘主义者’，外表都很新的，但我研究他们的精神，还是旧货，所以我现在无所属，但希望他们自己觉悟，自动的改良而已。例如世界主义者而同志自己先打架，无政府主义者的报馆而用护兵守门，真不知是怎么一回事。”而胡适一流的“主义者”如何，这里没有说，但从要求政府保护这样一种“焦大”精神来看，他们的“人权论”也仍然是“旧货”。鲁迅自称“无所属”，在中国的知识界中，他的存在确乎很难为某一种“主义者”所范围。就说自由主义，其实在他是并不排拒的，而且一直怀有这方面的信仰。杜威来华的讲演，他便表示出很大的兴趣，设法流布和珍藏。他的个人主义，也不妨视作自由主义，即是个人主义的自由主义，最本质的自由主义。学界对自由主义作出传统与现代之分，以鲁迅的这种个人倾向，也当算是传统的一类，但是，社会正义又恰恰是他关心的主要目标，在这里，他把两者统一起来了。

20世纪中期，在世界范围内，新自由主义思潮开始流行。所谓新自由主义，就是摒弃了传统自由主义中的个人至上的倾向，而使自由与民主结合得更为紧密。整个30年代，自由知识分子纷纷转向社会主义，应当认为，这同民主社会的理想有关。对于中国知识分子来说，或者可以说，此中更带民粹主义或平民主义的意味。至少，鲁迅是如此的。正如席尔思所说：“人民构成道德和标准，同人民保持联系就是善。”鲁迅正是以这样的思想道德基础，表同情和支持中国共产党和苏联的。但是，同时也正因为他没有把“个人”从“人民”中脱出去，而是把它作为基础的基础，才终于有了反抗“自己营垒内部”

的“元帅”的行动。他骂新月社与创造社，以致后来与左联的分歧，表明他确实“无所属”，在中国这块没有自由，甚至也没有自由理想的土地上，他只是一个自由的幽灵，一个反抗着又徘徊着的孤独的幽灵。

1930年开始，鲁迅先后加入三个团体：中国自由运动大同盟，左翼作家联盟，中国民权保障同盟。早在北京时，他便曾经向许广平表露过乐于受人“利用”或与人“合作”的意见，说：“我明知道几个人做事，真出于‘为天下’是很少的。但人于现状，总该有点不平，反抗，改良的意思。只这一点共同目的，便可以合作。”现在，鲁迅加入团体，正是实践了其中反抗和改革社会的这一初衷。这三个团体在争取人权的问题上，可以说是先后一贯的。左联提倡左翼文学，其实是在政治文化专制之下争取言论出版的自由权利，也即“话语权”。鲁迅没有把他对政府的反抗停留在讽刺性文本上，他的加盟，表明作为实践的知识分子，通过直接的斗争，已经完全彻底地把他同胡适为代表的具有中国特色的自由主义人权论者做了区分。

由鲁迅和郁达夫领衔发起成立的中国自由运动大同盟，确乎经过冯雪峰等共产党人的策动，但是，重要的不是如何成立，而是如何行动。它的成立宣言，虽然是集体的产物，却同鲁迅的自由反抗的思想相一致，总之是与新月派的人权论调大

鲁迅与杨铨（中）、李济之（“同盟”北平分会副主席）合影。1933 年 4 月 24 日摄于上海。

不一样的：

> 自由是人类的第二生命，不自由，毋宁死！
>
> 我们处在现在统治之下，竟无丝毫自由之可言！查禁书报，思想不能自由，检查新闻，言语不能自由，封闭学校，教育读书不能自由，一切群众组织，未经委派整理，便遭封禁，集合结社不能自由。……不自由之痛苦，真达于极点！
>
> 我们组织自由运动大同盟，坚决为自由而斗争。感受不自由痛苦的人们团结起来，团结到自由运动大同盟旗帜之下来共同奋斗！

自由运动大同盟成立后，鲁迅立即招致一批“文探”的攻击。除了《民国日报》等官方传媒广为传播，一些党刊也有了强烈的反应，如《江苏党务周刊》，即谴责鲁迅等人的自由演讲，说是“反对党的专政”，宣称在“以党治国的时代”，“一切非党员的国民，也只有在党的自由之下才有自由，决没有到党外去再求自由的道理”。鲁迅在《关于中国的两三件事》中记述过一段官方反应说：“四五年前，我曾经加盟于一个要求自由的团体，而那时的上海教育局长陈德征氏勃然大怒道，在三民主义的统治之下，还觉得不满么？那可连现在所给与着的一点自由也要收起了。而且，真的是收起了的。”为此，浙江省党部呈请中央通缉“堕落文人鲁迅等”，而鲁迅，也确曾因为通缉的消息一度离家避难。

为了争取自由而遭到政府的迫害，并没有使鲁迅屈服。1930年3月21日，他写信给章廷谦，说到加入自由运动大同盟的事。他根本不知道，自己原来排名在下面的，后来在印成传单时怎么会升为第2名。他说他是“本不知‘运动’的人”，凡讲演的内容也都与同盟格格不入，却为此颇遭谤议。只是，他并不以为意，表示说：“半生以来，所负的全是挨骂的命运，一切听之而已，即使反将残剩的自由失去，也天下之常事也。”《我要骗人》一文说的“自由早被剥夺”，也指的此事。至1936年，在给黄苹荪信中还说：“仆为六七年前以自由大同盟关系，由浙江党部率先呈请通缉之人，‘会稽乃报仇雪耻之乡’，身为越人，未忘斯义，肯在此辈治下，腾其口说哉。”他甘愿承当此等不自由的命运，所以，当一贯保持着师生之谊的李秉中向他表示，可以通过高层关系为他解除通缉令之后，他竟与之断交了。

左联集合的是进步的文学青年，也可以说是反叛的青年知识分子。美国社会学家科塞在其关于知识分子的名著《理念人》中论述过这类知识分子，说：“大体上说，反叛就像个受苦受难的请愿团。这些反叛者倾向于聚在一起，以便得到相互支持与增援，志同道合的反叛者的伙伴关系，支撑着从事斗争的疏离的知识分子。这就是激进的政治宗派为那些摒弃他们时代主流观点的知识分子提供道德和感情支持的重要性……政治宗派经常表现出相当古怪的特征，但这是不足为奇的。与周围社会的隔绝和疏离的痛苦、孤独感，即使因同伴关系而有所缓解，也经常是十分强烈的，这会导致一种——在这个世界安分守己的居民看来——近乎病态的生活和思想作风。这类宗派的成员之间的密切关系、高度的使命感，和为世界驱除邪恶的秘密教义的高尚意识，也时时强有力地激发着创造性的想像力。”左联可能增强了鲁迅的集体抵抗的意识，但是，他与集体的关系并不密切，仍然一如既往地做着他的“散兵战”。然而，左联盟员柔石等人的被杀害，把他推向极度的悲愤之中。有诗为证：

惯于长夜过春时，挈妇将雏鬓有丝。
梦里依稀慈母泪，城头变幻大王旗。
忍看朋辈成新鬼，怒向刀丛觅小诗。
吟罢低眉无写处，月光如水照缁衣。

他再度避难。此间，他为地下刊物《前哨》和美国《新群众》杂志分别写了《中国无产阶级文学和前驱的血》和《黑暗中国的文艺界的现状》，抗议国民党政府。这个一直否定中国“革命文学”的批评家，在文章中第一次也是唯一的一次使用了“中国的无产阶级革命文学”的语词。青年朋友的血是他一直铭记着的，“暗暗的死”成了他此后一再表现的主题。

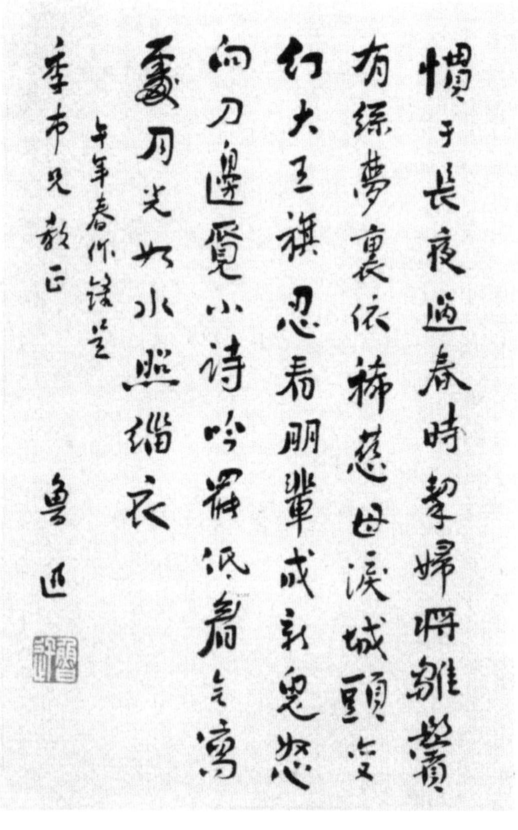

左联五位作家被杀后，鲁迅于避难中作此诗。

后来，他因周扬等人的行为而对左联表示失望，甚至阻止萧军等加盟，但是当周扬等奉共产国际之命解散左联时，又有了行将丧失的怆痛。用他的话说，是不愿意为此“使亲者痛而仇者快”，他是决心与专制政府周旋到底的。

于是在1932年12月加入中国民权保障同盟，这对鲁迅来说是当然的事。关于这个团体，费正清介绍说：“中国民权保障同盟是一个为政治犯呼吁的压力集团，而那些政治犯主要是学生阶层和知识分子”；“中国民权保障同盟作为自由主义者个人试图对抗南京国民党政府日益独裁专横的势头，是值得研究的。国民党政府力图摧毁一切反对派的力量，压制不同意见，扼杀自由思想。这场徒劳的保障个人权利的运动，是由已故孙中山的支持者中间的几个自由主义者所领导的”。首倡者是孙中山的遗孀宋庆龄和元老蔡元培，鲁迅、胡适、林语堂等也都加盟其中。民权保障同盟宣称，它不是政党，只是一个争民权的组织，不专为一党一派效力。对已被政府定罪的人，不加歧视，努力保障他们的人权。显然，民权保障同盟是借了孙中山的民权主义一词，来反对国民党政府的践踏人权的独裁政治的。孙中山的“民权”，基本上停留在民族主权和人民主权那里，民权保障同盟的成立，却使人权问题在中国第一次具有了西方人权观念的实践意义。

民权保障同盟成立后，开展过各种卓有成效的活动，如营救陈独秀等政治犯，丁玲、潘梓年等共产党人，还有其他知

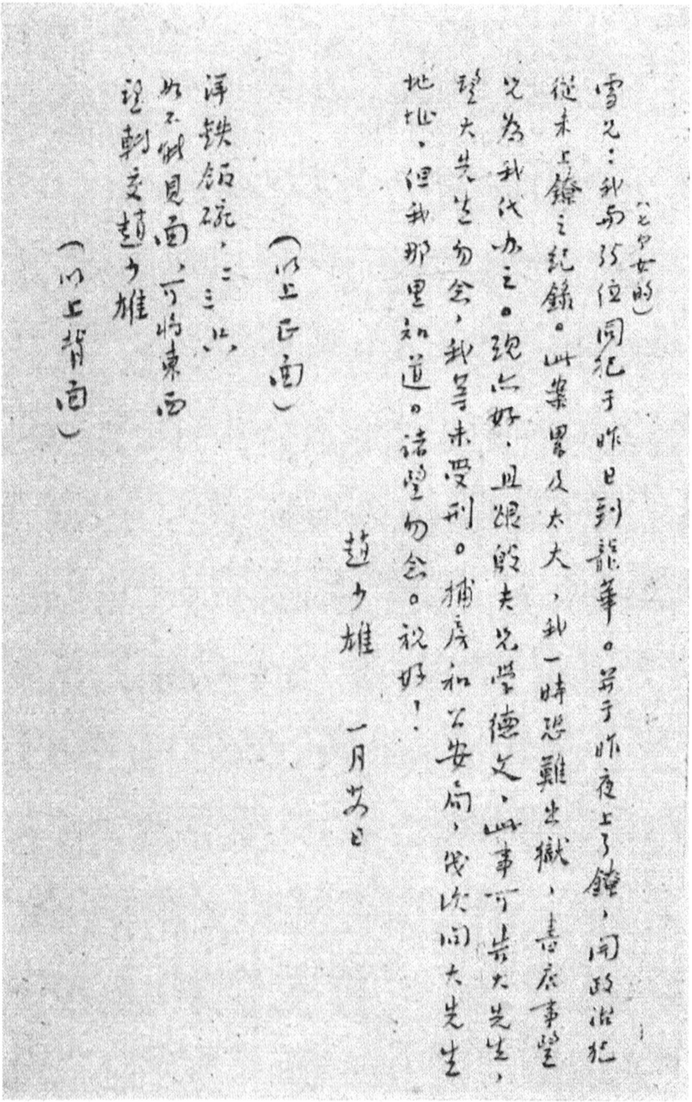
雪兄：我與卅五位同犯（七個女的）于昨日到龍華。并于昨夜上了鐐，開政治犯從未上鐐之紀錄。此案累及太大，我一時恐難出獄，書店事望兄為我代办之。現亦好，且跟殷夫兄學德文，此事可告大先生，望大先生勿念，我等未受刑。捕房和公安局，幾次問大先生地址，但我那里知道。諸望勿念。祝好！

趙少雄　一月廿四日

（以上正面）

洋鐵飯碗，要二三只，如不能見面，可將東西望轉交趙少雄

（以上背面）

鲁迅抄柔石狱中给王育和的信。信中提到巡捕房和公安局一再查问鲁迅住处事。

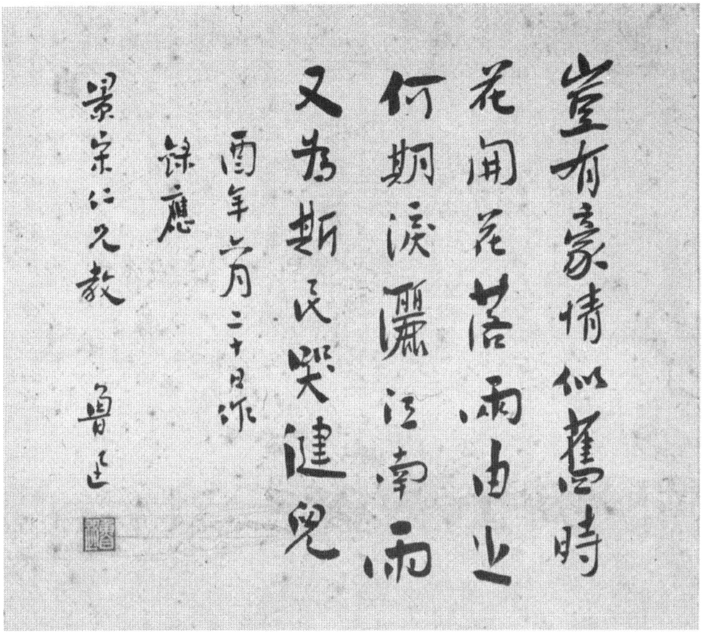

鲁迅手书《悼杨铨》

识分子和青年学生，调查南京监狱状况，声援各地争取人权的斗争，抗议希特勒派的一党专政的暴行等，在社会上产生广泛的影响。平时，鲁迅不出席集会，也不参加会议，包括左联的会议，但在接到民权保障同盟的会议通知时是一定先期而到的。在抗议政府和争取人权问题上，他是变得愈来愈激进了。由于政府的压迫，总盟和分会的十多个执委或者转向，或者消沉，或者敷衍应付，后来骨干分子只剩下四五人，这中间就有鲁迅。

1933年6月18日，民权保障同盟总干事杨铨突然遭到暗杀。杨铨死后不久，同盟的活动便告终止；经过大半年的挣扎，一个民间团体也就在白色恐怖中被扼死了。

在杨铨入殓的当天，鲁迅不顾朋友的劝阻，同许寿裳一起前往万国殡仪馆。他走时不带钥匙，实际上已经做好了随时遭遇不测的准备。接着，谣言四起，报纸还披露了一份“钩命单”，每个名字下面都注有代号，而他和杨铨的代号正好相同。鲁迅致信朋友说：“据闻在‘白名单’中，我也荣获入选”，“继杨杏佛而该死之榜，的确有之”。但他推断，此种恫吓，其中至少有一半乃“文氓”所为，所以决定不搬家，不避居，继续他的没有团体的战斗。

继上海民权保障同盟成立之后，北平成立了分会，胡适被推举为分会的执委主席。后来，在释放政治犯，以及监狱的考察等问题上，他与总盟的意见发生了分歧。首先，他在《独立评论》杂志上发表《民权的保障》一文，反对总盟关于释放政治犯的主张。文章说：“把民权保障的问题完全看作政治的问题，而不肯看作法律的问题。这是错的……前日报载同盟的总会宣言有要求‘立即无条件的释放一切政治犯’的话，这正是一个好例子。这不是保障民权，这是对一个政府要求革命的自由权。一个政府要存在，自然不能不制裁一切推翻政府或反抗政府的行动。向政府要求革命的自由权，岂不是与虎谋皮？谋虎皮的人，应该准备被虎咬，这是作政治运动的人自身应负的责任。”鲁迅注意及此，曾特地托请台静农将这篇“攻击民权同盟之文章”找到寄给他。在与《字林西报》记者谈话时，胡适还继续指责民权保障同盟不应当提出不加区别地释放一切政治犯，免予法律制裁的要求，并且认为，政府“有权去对付那些威胁它本身生存的行为”。胡适的这些言论，哪里像“英美派”的自由主义言论呢？在英美，反对政府倒是并不构成犯罪的。胡适如此为反动政府张目，分明将英美的“自由先章”中国化了，法西斯言论庶几近之。鉴于胡适这种反对会章、攻击会务的表现，总盟临执会曾两次致电要求他作出解释并公开更正，他没有答复。为此，民权保障同盟开会通过决议，开除了他的盟籍，这就是费正清叙述说的，“正如往常那样，胡适作为北京头号自由主义公民不得不就此后退”。

比较胡适一流学者，鲁迅没有那论人权一类堂而皇哉的论文，但是，他的宣言，他的记叙文，文化随笔，更不必说杂感，几乎都在说的人权主题：压迫和反抗。关于人权问题，鲁迅确实在著作中形成了一套反理论形态的理论。第一，中国的人权问题其实是奴隶权问题，奴隶的解放权问题。他从来不是抽象地谈说人权，或照搬西方的人权理论，包括与此相关的系统宪政理论，而是从做奴隶这个未曾改变的事实出发来讨论问题的。生命是穷人的唯一的资本，这个观念在他那里是最基本的，十分坚牢，所以，他的那个著名的公式，即生存、温

《奔流》月刊。鲁迅与郁达夫合编，鲁迅主持编校并设计封面，书写刊名。

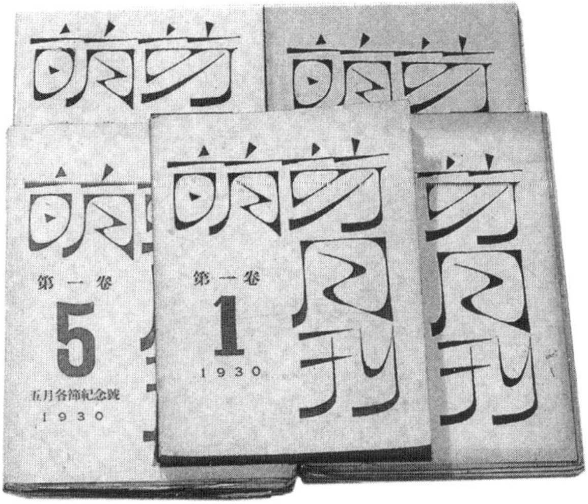

《萌芽月刊》。鲁迅与冯雪峰等合编，鲁迅绘制封面。

饱、发展的“三阶段论”，要把生存摆在首要的位置。在他的大量的著作中，常常结合着文化传统批判，揭露中国是一个随意诛戮的死地。当然，所谓“生存问题”，还不能被仅仅化约为“活着”。鲁迅同时指出：“人固然应该生存，但为的是进化；也不妨受苦，但为的是解除将来的一切苦；更应该战斗，但为的是改革。”他决不会在奴隶仍然未曾摆脱生命安全遭到威胁的境况下，奢谈诸如保护财产权之类的问题。第二，鲁迅肯定的人权是人的自然权利，是“自然法”这一更高的法律所承认的，而不是不合法的政府的法律，不是屠伯们及其御用学者所制定的法律。在鲁迅那里，人权其实是“天赋”的部分，不是统治者赋予的部分，这里包含着一种最原初、也是最根本的博爱，一种高尚而有吸引力的信仰。他认为“王道”在中国是不存在的，对政府的政治运作充满不信任感，不相信在一个暴力、说谎的政府的统治之下会有所谓“法治”。《写于深夜里》的一篇，以童话的形式，对现行法律的虚伪性作了这样的揭露：

> 出版有大部的法律，是派遣学者，往各国采访了现行律，摘取精华，编纂而成的，所以没有一国，能有这部法律的完全和精密。但卷头有一页白纸，只有见过没有印出的字典的人，才能够看出字来，首先计三条：一，或从宽办理；二，或从严办理；三，或有时全不适用之。

> 自然有法院，但曾在白纸上看出字来的犯人，在开庭时候是决不抗辩的，因为坏人才爱抗辩，一辩即不免“从严办理”；自然也有高等法院，但曾在白纸上看出字来的人，是决不上诉的，因为坏人才爱上诉，一上诉即不免“从严办理”。

文中又引述一封木刻青年的信说：

> 有谁要看统治者的统治艺术的全般的么？那只要到军人监狱里去。他的虐杀异己，屠戮人民，不惨酷是不快意的。时局一紧张，就拉出一批所谓重要的政治犯来枪毙，无所谓刑期不刑期的。

既然政府和法律不堪信任，身为奴隶的唯一办法就是反抗。所以，第三，在鲁迅看来，现今的政治、法律、文化、道德，都是不一律的。鲁迅的“法哲学”，不是源自哪一家的主义和理论，而是奴隶的道德哲学，说到底是对压迫的反抗。这一点固然为专制政府所反对，但也为一般宝爱秩序的学者所不容。鲁迅深知，“被压迫者对于压迫者，不是奴隶，就是敌人，决不能成为朋友，所以彼此的道德，并不相同”。对于革命的看法也是这样。革命不过是反抗压迫的一种形式，暴力革命作为极端的形式，同样是基本人权之一。旨在颠覆政府的行为自然无须经由现行的法律的恩许，也不会获得恩许。鲁迅要捍卫的，不是“公民”的法定权利，而是为奴隶者本来拥有的、神圣不能剥夺而实际上遭到剥夺的权利，未曾写上宪法的权利，或者写上宪法而得不到保护的权利。长期以来，奴隶们受惯了猪狗的待遇，受惯了“酷的教育”，所以不再以酷为酷，革命也就这样产生了。像鲁迅在《偶成》里说的：“人民真被治得好像厚皮的，没有感觉的癞象一样了，但正因为成了癞皮，所以又会踏着残酷前进，这也是虎吏和暴君所不及料，而即使料及，也还是毫无办法的。”

承认还是不承认现存的政府和法律，承认还是不承认奴隶——政府称之为“公民”——反抗专制压迫的合理性和合法性，是鲁迅和胡适们的分歧的根本所在。

在五四时期，人权与民主并提。实际上，以知识分子和青年学生为主体的新文化运动大大开拓了公共空间，人们在个人和群体的斗争中获得了言论出版、集会结社、反对政府的自由，也获得自由恋爱、婚姻自主，以及接受平等教育的各种权利，这在一个以几千年的家族制度为基础的中国社会中，是一个十分了不起的变动。一些学者认为五四只有“破”而没有“立”的论调是毫无根据的，只是在建立新的观念和行为准则的过程中，为了克服传统的习惯、惰性和压力，付出了太大的勇气和代价用于破坏，致使学者至今只记得旧物坍毁的震荡之声，并为这惊悸不已。然而，随着党派组织的崛起和工农运动的高涨，权利观念被缩减为劳动的、物质的、经济的要求，或者被置换为普遍的社会民主观念；权利的个人性，也就是天赋的最本质的东西在浪潮中沉没了。在国民党建立起“一党专政”的专制统治之后，人们早已经获得的一些基本权利，如言论、出版、结社、集会的自由权利再度丧失，甚至连生命权也得不到保障。事实上，执政党本身就是靠清党杀人上台的。我们不可能要求这样一个失去了道德基础的野蛮成性的政府重视“人权”建设，保障人民的权利；要讨论人权问题，就必须使国民党放弃一党的绝对权力和既得利益。这是一个前提。

人权是民主的基础，是自由政治秩序的关键要素，任何政府权力以及行使权力的方式都不能不受到“人权”问题的制约。在这里，首先要明确的是，人权是始自权利的，包含了个人权利优先的原则，它意味着个人的自由和自治必须得到国家的尊重。关于人权观念，西方普遍认为，个人权利是自然的，与生俱来的，而不是某一个政府或制度授予的，它先于并高于政府而存在，因此既不能被剥夺，也不能被悬置。如果说，政府是人民的代表，宪法是人民与其代表的契约，那么，政府与宪法的这种代表性，实质上是人民的指令，是人民对政府的诸如任期、人选及必须满足的条件的规定性。它规定：政府必须向人民负责，并且尊重个人的权利，包括抗拒政府的权利。这是公理性的，不能被颠倒的，唯其如此，人民同意政府统治的条件，政府才具有了所谓代表性，也即合法性。美国宪法学家L. 亨金在其名著《权利的时代》中指出：在任何制度中，官僚政府都不可能是人民政府，尽管政治权威在法律形式上得到承认并由偶尔举行的正式选举所装饰，但如果实际上权力横行，人民没有实际意义的责任和机会去终止或控制这种权力行使，即没有变更他们政府体制的自由，没有变更他们的经济和政治制度的自由，那么就不能说政府权力是以人民的意志为基础的。在叙述人民及其政府的关系时，资产阶级的政治理论家都一致指出，任何政府集团或个人，都不可能存在绝对权威，人民才是国家权力的最高的和最终的所有者，是制约国家权力的指导性力量。所谓“人民主权”，它指的是人民通过选出的代表，或者直接地由自己去管理自己。不管在何种情况下，个人仍然保持某些原初的权利，以免遭受“人民”或他们的代表的迫害。如果个人或人民的利益一旦遭到政府的侵犯，就可以不再服从它，直至推翻它。这就是洛克在《政府论》中阐述的人民的革命权。美国的《独立宣言》对于这项人权问题也有着明白的宣示：“当一个政府罪恶满盈、倒行逆施、一贯地把人民压抑在绝对专制主义的淫威之下当成终极目标，人民就有这种权利，人民就有这种义务，来推翻那样的政府，而为他们未来的安全设立新的保障。”

有意思的是，鲁迅对人权问题的态度，与这些西方资产阶级的人权理论有如此的一致，尤其突出地表现在关注个人权利和革命问题上。革命这东西，并不是无产阶级的发明，而是人类自身的基本权利，其实说到底是“生存权”。如果从某种意义上说，现代化就是西方化，那么鲁迅是真正的西方主义者，而胡适一流，倒是带有很浓厚的东方色彩，因为他们只承认政府和权威，而不是人民的权利，他们把“人权”围进政府的用法律的栅栏保护起来的后院里，然后进行研究和讨论。五四运动在历史上所作的一个根本性倒转，是国家、君主的权威地位为个人所取代，而到了1927年之后，情势又颠倒过来，党国和领袖建立起新的权威，迫使个人服从。鲁迅对人权的阐释，是要回到人权的初始状态，回到五四自由解放的起点上；胡适一流则是要在“新秩序”的基础上加以改善，强调“法治”的意义。但是，我们知道，没有天赋的个人权利做基础的宪法都是可疑的宪法；凡是人们的基本权利得不到可靠的保障，国家权力无法获得分立、监督和制约的一元化社会，都不可能存在真正的宪政体制。要确保民主宪政的实质意义，只好结束“一党专政”的绝对状态，不容许任何集团或个人，高出于法律之上。

梭罗说：“我们首先是人，然后才是公民。”作为一个废奴主义者，梭罗认为，培植对法律的尊敬，没有比培植对权利的尊敬更要紧。其实，权利大于法律，可以说是所有废奴主义者的一致的观念。在奴隶制仍然属于天经地义的情况下，他们不能不离开实在法而诉诸“更高的法律”——人类的良心。

在这一点上，鲁迅与废奴主义者有相同的地方，他们都致力于奴隶的解放，只是鲁迅也把自己看作“奴隶”而已。“今天，一个人应当如何对待美国政府呢？”梭罗说，“我的回答是，他不能问心无愧地与它联系在一起。我一刻也不能承认那一政治组织就是我的政府，因为它同时也是奴隶们的政府。”关于“奴隶”这一概念的本质，斯宾塞把它定义为“被其他人占据的人”。他的主人是谁，是单个人还是一个社会并不重要，重要的是奴役本身。鲁迅深感自己的言论自由和人身自由是被剥夺的，他把自己置于众多被奴役被损害的人们之中，所以，在党国之下，他始终不把自己看作“公民”；在左联内部，他也不把自己看作“同志”，而一例地自称为“奴隶”。胡适则把自己称为“过河卒子”，政府的“诤友”和“诤臣”，这些语词的对比是黑白鲜明的。他们都有着各自的边界，而且一直努力维持这边界使之不至融合，但是彼此的冲突毕竟无法避免。冲突理论的创立者，著名社会学家齐美尔在说到冲突的积极意义时指出，一个成员与另一个同伙的对立并不是纯粹消极的。他说：“如果我们甚至连反抗暴政、专制及个人难以忍受的事物的力量都没有，我们就无法与那些其特点使我们深受其害的人建立关系。我们就会感到应该采取一种充满风险的步骤，也许这实际上并没有造成‘冲突’，但关系将告结束。这不仅因为不反抗和无法保护自己，会使压迫感增加，而且也由于反抗行为本身也会赋予我们一种内在的张力，快感或者慰藉……我们的反抗会使我们感到，我们并不是环境的牺牲品。”五四后期，胡适已经开始减少与社会的冲突，像另一个社会学家科塞形容的那样，他的形象，“已从一个改革的自觉倡导者变为‘消灭动乱’和人类关系学专家的形象”。鲁迅则不然，他保持了“呐喊”以来对于“吃人”传统和专制政府的复仇的敌意，不惮于继续将敌意向原初对象发泄，而且向替代目标如胡适等知识界的“焦大”发泄。

自由，人权，与宪政制度特别是专制主义制度之间，一直处于战争状态。现存秩序与反秩序势力都有自己的火枪手。政府选择和委任的专家长于掌握为国家谋求生存的技艺，他们是从知识界中通过韦伯说的“政治剥夺”过程演变而成的“职业政治家”或“临时政治家”，从一开始，就不打算成为主子，只想成为政治主子的臣僚，“一方面挣得生活所需，另一方面也获得了理想的生活内容”，谋求的是对政治机构内部或在他们之间的权力分配中发挥影响。现存秩序的反对者，也称异议者，他们是自动站到荒原之中的人物，因此注定是少数，甚至是单个人。他们的行为固然不为政府所容，但也未必为他们所护卫的社会所容；吸引他们的，唯是正义和真理，以及它们的受难，或者简直可以说，唯是喜欢挑战强权而已。

书报审查制度

权势者和无权者之间有一个长期争夺的地带，就是话语权。

对于无权者来说，他们所要的只是表达的权利，而权势者不同，他们制造沉默，所要的唯是封闭和垄断所有声音的权利。当无权者能够自由地集会和聚会，自由地表达了自己时，就会形成公众舆论，大家不但有了知情权，通过传播获得各种隐秘的消息，特别是宫闱秘密，而且还会互相散布、扩充不满的情绪和不安分的思想。这样，“公民”也就成了扰攘的“公众”，为统治者所安排的良好的秩序就有可能出现混乱，甚至遭到颠覆。当然这是不允许的。为此，权力者必然要动用各种工具和手段，以期有效地控制公共领域，禁止集会结社和言论出版的自由。书报审查制度，就是在这个基础上建立和发展起来的。这个制度起源很早，甚至可以说它是同权力共生的。在古希腊民主的雅典，苏格拉底就是以言论罪被处死的。中国的秦始皇焚书坑儒，虽然不能说堪称独步，在世界史上也仍然不

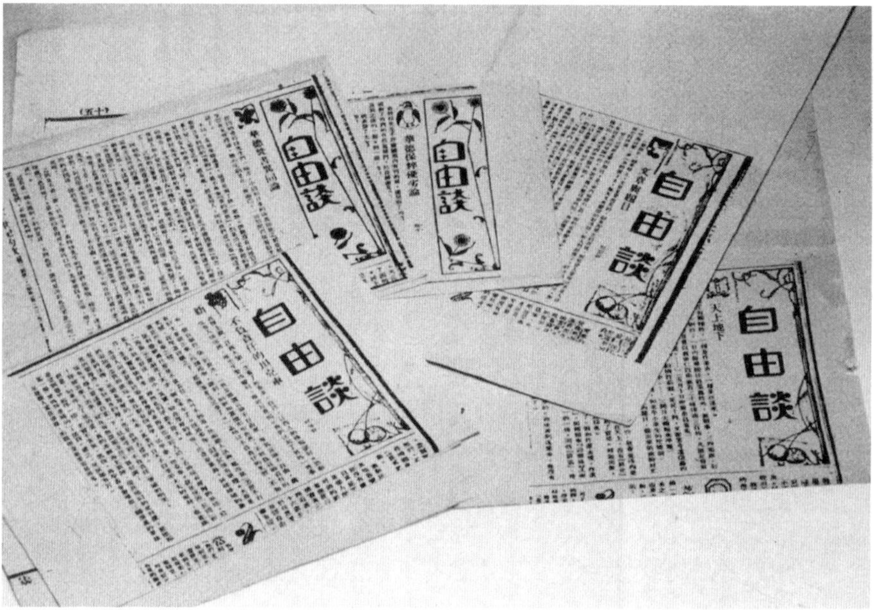

鲁迅在《申报·自由谈》上发表的文章

失为一大“盛举”。中世纪教廷的“禁书目录”是著名的，它在绵延的几个世纪中不断增加，直至近期才得以解禁，可知政治和宗教的独裁者对于书籍和思想的嫉恨，是如何的广泛和久远。大概可以说，世界上没有一个民主的、发达的国家，在其历史上不曾出现过书报审查制度的。所以，科塞说：“无论什么样的政治集团或统治形式，也无论在哪个历史时期，审查制度在任何地方都作为社会控制的重要机制发挥着作用。统治者历来限制那些他们以为与自己的利益对立或者有损于公众利益的思想的传播。”这种制度的危害性是不言自明的，这也正如科塞所说，“审查制度确实在一定程度上成功地阻止了思想的‘自然流动’。因此，在任何地方，审查制度都是自由的精神生活的障碍”。在这种制度的禁锢之下，知识僵化了，才能枯萎了，头脑产生腐败，整个社会不但不见活跃的迹象，相反，只能慢慢地窒息而死。

社会不可能没有异样的声音。即使从统治的利益出发，统治者也不可能长期不顾及于此，当然这样的统治者，也得是异样的统治者，他们大抵来自历史上专制传统比较薄弱的国家和地方。有名的例子，是在美国宪法史上杰斐逊总统坚持提出的宪法修正案，也即“人权法案”。在这一法案中，他特别强调言论自由、出版自由和信仰自由。他认为，出版自由比言论自由更为重要，因为这是“通往真理的最有效的途径”；所以他说，“那些害怕自己的行为受到查问的人，首先禁止的也是出版自由”。又说，出版自由可以防止统治者“用他们自己的意志来束缚人民”。关于“人权法案”，亨金在其著作中称引一份纲领性文件说：“出版自由及知情权的价值高于官员的权利，高于‘公共’人物不受诽谤的权利，甚至高于个别公民的隐私权。言论和舆论自由还包括一种进入公共讲坛的权利，它也包括不发议论和不出版的权利，匿名言论及出版的自由，政府不得调查人们想什么及说什么。”在世界范围内，主要在欧美地区，关于书报审查制度在19世纪已基本结束，对于出版物的控制，如检察制、许可证和各种禁令已被取消。随着禁区的被摧毁，有关言论和出版自由的权利观念，在这些地区的人们中间开始牢固地建立起来。

然而，正当这一中世纪式的专横的制度在世界上的广大进步地区进入消亡的时候，在东方这个有着“焚书坑儒”传统的古老的国家里，却是大行其道。

国民党于1927年在南京建立政权之后，随即制定了《著作权法》《新闻法》《出版法》等系列法律，还有各种文件和训令，并成立了专司书刊审查的机构，具体规定图书审查的条例和办法。这样的文化专制政策，与流氓政治和特务手段相结合，便得以控制全国的新闻出版界。20年代以后，全国出版业集中在上海，印行的图书占全国总量的2/3以上，仅1929年出版

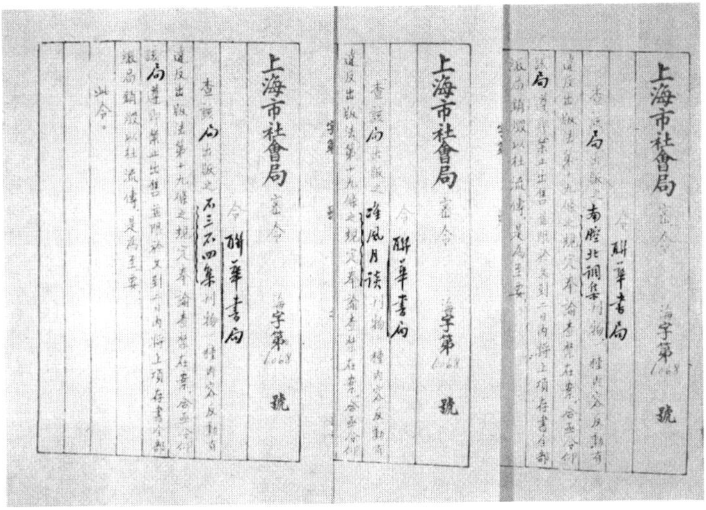
上海市社會局 密令 滬字第1068號
令 聯華書局
查該局出版之不三不四集刊物

上海市社會局 密令 滬字第1068號
令 聯華書局
查該局出版之准風月談刊物

上海市社會局 密令 滬字第1068號
令 聯華書局
查該局出版之南腔北调集刊物

国民党政府查禁《南腔北调集》《准风月谈》《不三不四集》令

的社会科学的译著，包括马克思和列宁的著作在内，多达150多种。因此，在书报审查制度实施期间，上海不能不成为首要的受害地区。

1928年，国民党当局颁布了《著作权法》，规定出版物如有违反“党义”，或其他“经法律规定禁止发行者”，由内政部拒绝注册。1929年，中央宣传部公布《宣传品审查条例》，同年还颁布了《查禁反动刊物令》等查禁书刊的法令。1930年先后颁布了《新闻法》和《出版法》，规定书刊在创刊前必须申请登记，批准后方可出版，《出版法》还规定涉及“党义”

的图书须交中宣部审查，实际上，文艺、哲学及社会科学方面的图书也一样要送审。图书审查制度在1930年以前已经存在，如大学院早在1927年底公布的《新出图书呈缴条例》，中央政治会议通过的《出版条例原则》等，只是当初比较隐蔽，规模也比较小，实施效果未见显著而已。1933年国民政府教育部颁布《查禁普罗文艺密令》，附抄作家名单，行动明显政治化，惩处手段也更为严厉。1934年2月，中央宣传部突然发文，一举查禁上海出版的149种文艺图书，震动了上海书业界。为此，一些书商出于商业利益的考虑，便联合建议由官方审查原稿，即实行“事先审查”。以“预惩制”代替“追惩制”，作为鲁迅所说的“党官，店主和他的编辑”的共谋的产物，这是一大反动，也是一大倒退。于是，一个全称为“中国国民党中央宣传委员会图书杂志审查委员会”的机构，于1934年4月正式成立。6月，审查委员会开始运作，颁布《图书杂志审查办法》，规定一切图书杂志须于付印前将稿本送审，甚至翻印古书也不能例外，如不送审，即“予以处分”。在审查过程中，检查官随意删改，而且被删的地方不许留下空白，即所谓“开天窗”，不使留下刀斧的痕迹。据国民党中宣部及中央宣传委员会编审科印发的文件，1929年至1934年间，被禁止发行的书刊约887种；1936年通令查禁的社会科学书刊达676种。除了上海，各地政府也大肆查禁，仅北平一地，1934年焚毁的书刊便有1000多种。除书籍遭灾外，还查封捣毁出版机构，迫害出版界人士。如

1929年查封创造社，1930年查封上海现代书局，1931年查封北新、群众、东群等书店，其他如出版左翼书刊的湖风书店、良友图书公司、神州国光社、光华书局等也先后被封。1935年，《新生》杂志因刊登《闲话皇帝》一文，触犯“友邦”日本天皇，主编竟至于被判处徒刑，连检查官也因此被撤职，审查处被撤销；中宣部还发出通令，禁止阅读有关《新生》案的新闻。由于此案的牵涉，审查委员会暂停工作，但是审查工作仍在进行，只是由党部机关转到政府部门而已。

当然，也还不能说国民党政府只有破坏，没有“建设”。有不少的出版机构是官办的，发行书刊不在少数。据1936年出版的国民党政府《内政年鉴》统计，全国报刊共1763家，其中国民党的党政军报刊就占了1/3，而且一些民办报刊也是与官方有关系的。这样，在出版界，只好大量推出数学教科书和童话，或者极力赞美“春天”，商业性、消遣性的倾向愈来愈严重，而严肃的，进步的，带有革命倾向的书刊，却不得不采用假书名、假封面而艰难面世。

鲁迅在上海十年，同国民党的书报审查制度相始终，真可谓“运交华盖”，没有选择和退避的余地。从左联青年盟友被害起，他便致力于揭露国民党的禁锢的文化政策，由于书报审查直接威胁到他的生存，他不能不设法改变自己的写作策略，在一个重新确立的向度上，开始他的谓之“带了镣铐的进军”。

在一个失去自由言议的环境里，鲁迅特别注重史料的保存，也即“实录记忆”的保存。他说是“立此存照”，或说是禹鼎所浇铸的鬼魅，使罪恶的形象不致轻易地自行销匿。他常常感叹中国人的健忘。对于“集体记忆”，不是国家有意识地使之遗忘，就是社会的无意识的遗忘，因此，他觉得十分必要地与强大的遗忘倾向作斗争。但是，这显然是为他内心里的伟大的憎所驱使的，而不仅仅出于历史的使命感。他揭露说，“中国的焚禁书报，封闭书店，囚杀作者，实在还远在德国的白色恐怖之前”，这种本土法西斯放到世界史上也还算得十分“前卫”的。在《中国文坛上的鬼魅》等文章中，记录了不少当局查禁书刊和压迫书店的事例，《且介亭杂文二集》的后记，还十分详细地保留了一批禁书目录，还有审查委员会的活动情况。他还指出，不但对本国的作者和作品如此，甚至对于一些翻译过来的世界名著也如此；“凡是运输精神的粮食的航路，现在几乎都被聋哑的制造者们堵塞了”。压迫是日渐加紧，形势十分严峻。他描述说：“现在的书报，倘不是先行接洽，特准激昂，就只好一味含胡，但求无过，除此之外，是依然会有先前一样的危险，挨到木棍，撕去照会的。”在《花边文学》序言中，他十分愤慨地质问道：“在这种明诛暗杀之下，能够苟延残喘，和读者相见的，那么，非奴隶文章是什么呢？”在这里，他使用了“奴隶文章”一词，这是文化专制政策的必然产物。所谓奴隶文章，就是失掉反抗意识，缺少独立

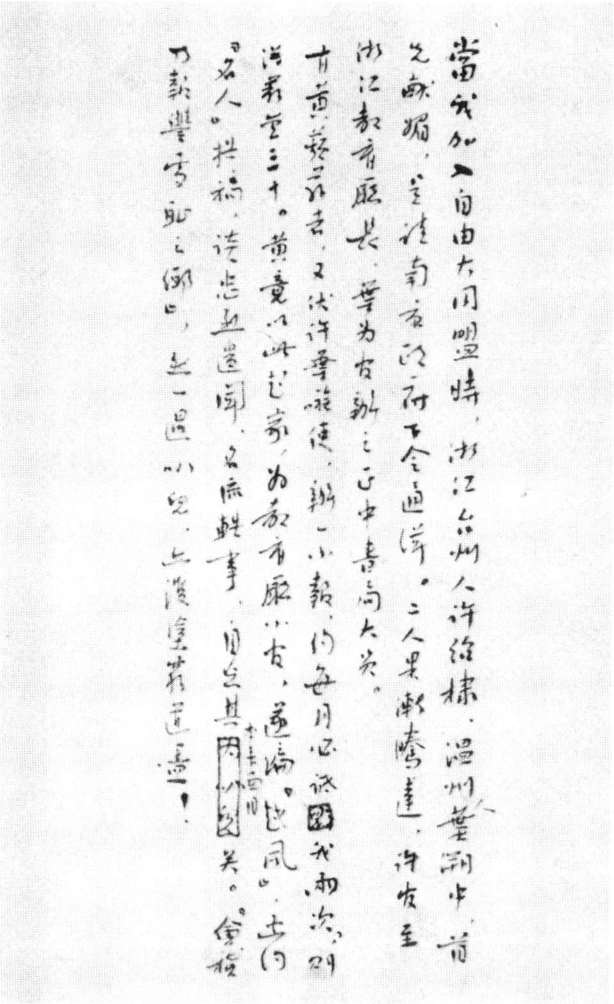

鲁迅轶文手稿一页。其中谈到他因参加中国自由运动大同盟而遭到国民党政府通缉。

思想，没有骨气的文章。对此，他写道：

> 我曾经和几个朋友闲谈。一个朋友说：现在的文章，是不会有骨气的了，譬如向一种日报上的副刊去投稿罢，副刊编辑先抽去几根骨头，总编辑又抽去几根骨头，检查官又抽去几根骨头，剩下来还有什么呢？我说：我是自己先抽去几根骨头的，否则，连“剩下来”的也不剩。

对于这类以摧残为事业的“看文字不用视觉，专靠嗅觉的‘文学家’”，“官派的检查员”，鲁迅是十分痛恨的。这类家伙，大抵是文界的败类，在他们为官方所利用，做定了检查官之后，仍然会与旧日的“文探”“文痞”“文氓”相勾结，所谓文坛上的事件，往往缘此而来。正如鲁迅总结的那样：“献检查之秘计，施离析之奇策，起谣诼兮中权，藏真实兮心曲，立降幡于往年，温故交于今日……”《中国文坛上的鬼魅》是发表在英文月刊《现代中国》上的一篇暴露较为全面的文章，其中写道：“今年七月，在上海就设立了书籍杂志检查处，许多‘文学家’的失业问题消失了，还有些改悔的革命作家们，反对文学和政治相关的‘第三种人’们，也都坐上了检查官的椅子。他们是很熟悉文坛情形的；头脑没有纯粹官僚的胡涂，一点讽刺，一句反语，他们都比较的懂得所含的意义，而且用文学的笔来涂抹，无论如何总没有创作的烦难，于是那成绩，听说是非常之好了。”但也有别样的检查员，鲁迅在信中写道：“听说，检查的人，有些是高跟鞋，电烫发的小姐，则我辈之倒运可想矣。”对于“正握着涂抹的笔尖，生杀的权力”者，鲁迅在书信中多次勾画他们的嘴脸。如1934年8月31日致姚克：“出版界也真难，别国的检查是删去，这里却是给作者改文章。那些人物，原是做不成作家，这才改行做官的，现在他却来改文章了。你想被改者冤枉不冤枉。”同年11月28日致刘炜明：“现在当局的做事，只有压迫，破坏，他们那里还想到将来。在文学方面，被压迫的那里只我一人，青年作家，吃苦的多得很，但是没有人知道。上海所出刊物，凡有进步性的，也均被删削摧残，大抵办不（下）去。这种残酷的办法，一面固然出于当局的意识，一面也因检查官的报私仇，因为有些想做‘文学家’而不成的人们，现在有许多是做了秘密的检查官了，他们恨不得将他们的敌手一网打尽。”1935年2月4日致杨霁云：“禁止，则禁止耳，但此辈竟连这一点骨气也没有，事实上还是删改，而自己竟不肯负删改的责任，要算是作者或编辑改的。”凶险，阴暗，虚弱，主子和奴才是一样的德性。早在1931年，鲁迅便著文指出，统治者“一面禁止书报，封闭书店，颁布恶出版法，通缉著作家，一面用最末的手段，将左翼作家逮捕，拘禁，秘密处以死刑，至今并未宣布”。然而，他向世界宣布说：“单单的杀人究竟不是文艺，他们也因此自己宣告了一无所有了。”

在揭露和抨击国民党的恶辣的文化政策的时候，鲁迅常常“算旧帐”，“刨祖坟”，把古今的反动力量钩连到一起。如《买〈小学大全〉记》《病后杂谈》《病后杂谈之余》诸篇，就是专门剖析明清文字狱档的。他要让青年读者明白，中国的统治者及士大夫文人，是历来如此的。他们通过文化上的结盟，掩盖历史，肆意涂改和伪造历史，钦定经典，垂范将来。结果呢？他指出：“宋曾以道学替金元治心，明曾以党狱替满清箝口。”种种的“治心”“箝口”法，都一例无改于改朝换代的结局，那就是专制统治的覆亡。

以鲁迅这样的反抗政府的有影响的人物，必然最先感受到出版界的这种压力。他说：“经验使我知道，我在受着武力征伐的时候，是同时一定要得到文力征伐的。”所谓“武力征伐”，指的是通缉、恫吓、不得已的隐匿与逃亡；而“文力征伐”，除了众多“覆面的英雄”的各种造谣攻击，就是整个的出版审查制度的压迫。而且是愈到了后来，压迫则愈甚。什么“自由”与“人权”，是只有失去它的人才能体会到它的实质的，所以，他决不会花费口舌，与直接或间接掌握他的自由与人权者去讨论这类问题。

1932年12月26日致信张冰醒说，“现在行止颇不自由，也不很做文章，即做，也很难发表”；到次年底，致信山本初枝时，则说是：“我的全部作品，不论新旧，全在禁止之列。当局的仁政，似乎要饿死我了事。”后来不在日报上投稿，只应付杂志约稿，而且为此不得不做得更“含糊”，更“晦涩”，更“吞吞吐吐”，结果还是不行。例如像他自己说的，有一篇短文，“是讲旧戏里的打脸的，毫无别种意思，但也被禁止了”。《病后杂谈》被删，是他多次提到过的，“被检查官删去四分之三，只存开首一千余字”，即“只剩了一个头”。《病后杂谈之余》，也都是删之又删的。还有《不知肉味和不知水味》，发表时被删掉了后半篇；《中国人失掉自信力了吗》一篇中，凡是对于求神拜佛略有不敬之处，即被删除。《脸谱臆测》不准发表；《阿金》则“不但不准登载，听说还送到南京中央宣传会里去了”。他还说到过，有一本杂文集，其实是《二心集》，全书38篇，被删22篇，故名《拾零集》，由中央删剩，应当准许发卖的了，但运到杭州去仍被没收，理由是“这里特别禁止”。《集外集》也被删去10篇，后来编入《集外集拾遗》出版。被禁止出版的还有《门外文谈》，编译的《竖琴》《一天的工作》，以及杂文集《准风月谈》也遭到查禁，主编的《译文》则被抽去稿件。到了后来，甚至于扣留原稿，而且这种情况接连发生。1933年，那时还未曾成立特别的审查机构，鲁迅即已意识到出版界的危机，说：“风暴正不知何时过去，现在是有加无已，那目的在封锁一切刊物，给我们没有投稿的地方。我尤为众矢之的，《申报》上已经不能登载了，而别人的作品，也被疑为我的化名之作，反对者往往对我加以攻击。各杂志是战战兢兢……即使不被伤害，也不会有

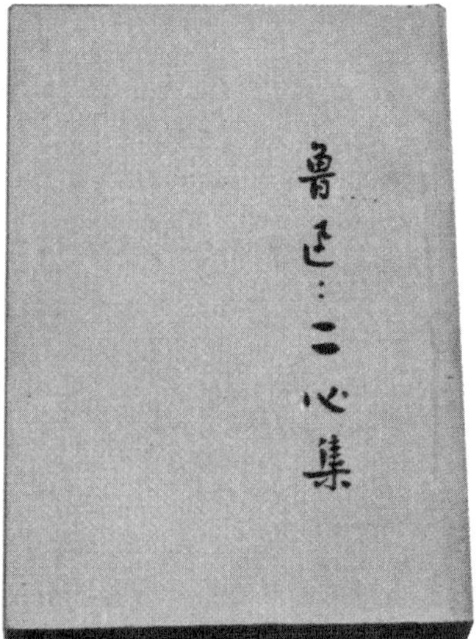

《二心集》。收 1930 年至 1931 年杂文三十七篇，附译文一篇。

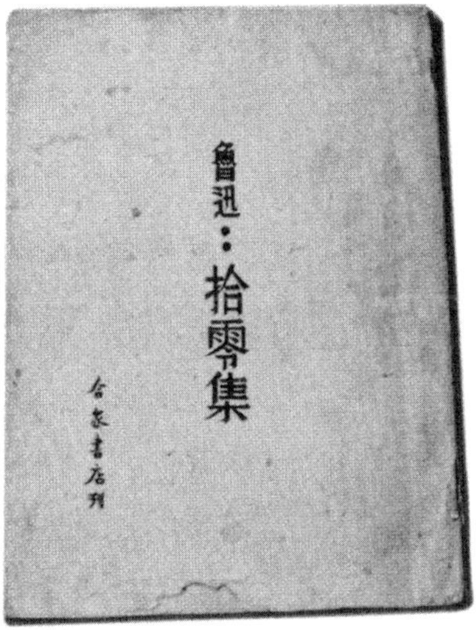

《二心集》再版时被删被禁，合众书店将删剩的文章十六篇另编一册，改名为《拾零集》。

活气的。”1934年，他这样描述所受的“风暴”的破坏：“中国的事情，说起来真是一言难尽。从明年起，我想不再在期刊上投稿了。……大约凡是主张改革的文章，现在几乎不能发表，甚至于还带累刊物。所以在日报上，我已经没有发表的地方。……黑暗之极，无理可说，我自有生以来，第一次遇见。”无论个人，还是整个出版界，都是每况愈下。至1935年，又说：“他们的嘴就是法律，无理可说。所以凡是较进步的期刊，较有骨气的编辑，都非常困苦。今年恐怕要更坏，一切刊物，除胡说八道的官办东西和帮闲凑趣的‘文学’杂志而外，较好（的）都要压迫得奄奄无生气的。”越一年，又说：“官老爷痛恨我的一切，只看名字，不管内容”；“权力者的砍杀我，确是费尽心力，而且他们有叭儿狗，所以比北洋军阀更周密，更厉害”。加以“内战”加剧，这时，他几乎整个地为黑暗所吞噬了，唯余精神的不屈不折的一道幽光。

当年写《这样的战士》时，他是那般神气：战士只须举起投枪，脱手一掷，一切颓然倒地。其实，压迫从四面袭来，倒是比他预想的要险恶得多。好在毕竟是战士，对中国这“老社会”看得深透，而有着“韧战”的准备。就在这连发表作品的权利也遭到剥夺的境地里，他的文章不但不见减少，反而数倍于前，所以对于“周扬之流”不顾事实而责以“不做事”是十分反感的。而且，后期的文章也更锋利，更老练，更见那种“带着枷锁的跳舞”的独异风格。

《申报》副刊《自由谈》主编黎烈文约稿，他明知道《自由谈》并非同人杂志，“自由”不过是一句反话，因此决不想到这上面驰骋，但是还是写了，虽然并不确知可否登载的命运。他致信黎烈文，幽默而坚定地表示说：“原想嬉皮笑脸，而仍剑拔弩张，倘不洗心，殊难革面，真是呜呼噫嘻，如何是好。换一笔名，图掩人目，恐亦无补。”后来，张梓年代替了黎烈文而主持《自由谈》，再向他约稿，他作诗答道：“何来酪果供千佛，难得莲花似六郎。”他说他制作不了甘美的作品，做不成“莲花六郎”那样的漂亮人物。这种反抗的态度，在他那里是始终不会改变的。斯宾诺莎曾经说：“强制言论一致是绝对不可能的。因为，统治者们越是设法削减言论自由，人们越是顽强地抵抗他们。”鲁迅就是这种抵抗的代表。所以，要说鲁迅，就首先要说到反抗精神，说到“骨气”；而这，无论如何要使统治者感到头疼的。

然而，文网遍于国中，鲁迅不能不找寻“钻网”的法子。事实证明，他是世界上一流的游击专家。首先是使用笔名。他一生共使用笔名140多个，仅1932年到1936年四年间就多达80多个。一个作家笔名之多，在世界文学史上，恐怕也是首屈一指的。有的笔名很有深意，如“洛文”，就是党棍赠他的“堕落文人”的谐音的缩写；“越客”有复仇之意；“何家干”更妙，模仿检查官口气，颇带角逐的悬念。笔名的使用，与正文往往有着有机的联系，增强了文章的内在张力。官方检查机关的注意力大多集中在“写什么”上面，鲁迅则避其锋，更多在“怎么写”方面用力，迂回逼近目标。一道固定的题目就可以限制作家的么？《自由谈》迫于形势，曾经刊出“吁请海内文豪，从兹多谈风月”的启事，鲁迅便说：“月白风清，如此良夜何？”好的，风雅之至；但是，“月黑杀人夜，风高放火天”不也是涉及风月的一联古诗么？可见任何材料，都可以作为思想的载体，封锁不住的。就拿自己做的杂感来说，他谈历史，谈文化，谈典故，谈洋人，题材似乎距离中国现实十万八千里，其实无一不息息相关。在文风方面，比起《热风》时期的哲理化和《华盖集》时期的论辩色彩，这时的文章明显地更趋曲折隐晦，至于旨意，他是决不肯自行加以掩盖的。但是，这样一来，又难于瞒过嗅觉灵敏的叭儿了。在无路可走的情况下，于是办“地下出版社”，自费印书。如以“三闲书屋”的名义出版《毁灭》《铁流》《士敏土之图》，以“诸夏怀霜社”的名义出版瞿秋白文集《海上述林》，还支持叶紫、萧军等以“奴隶社”的名义出版“奴隶丛书”。非法出版，却也安然无事，专制的铁掌总算留下了漏光的缝隙。

在重新发表或出版的文字里，鲁迅不忘在被删的地方加印黑点或黑杠，以示被删过的痕迹。这也一如他在别的场合里说的，一以作黑暗和挣扎的纪念，二是特意给留下“党老爷的蹄痕”。

过于强大的压迫毕竟要使人受伤。以一个人的力量，如何可能敌得过一个政府呢？鲁迅在说到《病后杂谈》被删到只剩第一段时，便说："可见文艺上的暗杀政策，有时也还有一些效力的。"眼见他的文章到处遭禁，只好慨叹道："证明了我的笔墨，实在敌不过那些带着假面，从指挥刀下挺身而出的英雄。"晚年不时流露浓郁的乡愁，好像与战士的状态颇不相称似的，由此可见战斗的艰难。他所以如此作"归去来"之想，无非是在极度动荡的境遇里渴求些许的宁静和慰藉，当是出于生理保护的一种本能。他写唐人李贺的《南园》诗赠人，诗云："长卿牢落悲空舍，曼倩诙谐取自容。见买若耶溪水剑，明朝归去事猿公。"同一天，又自作诗云："文章如土欲何之，翘首东云惹梦思。所恨芳林寥落甚，春兰秋菊不同时。"他再度想起日本，都因为有留学时那段自由言说自由论辩的记忆。清党后在翻译日本杂文《书斋生活与其危险》所作的附记里，他便曾经这样感叹过："遥想日本言论之自由，真'不禁感慨系之矣'！"

在《〈引玉集〉后记》中，鲁迅说："目前的中国，真是荆天棘地，所见的只是狐虎的跋扈和雉兔的偷生，在文艺上，仅存的是冷漠和破坏。"然而，就在这样的环境中，文人们却在一味地抨击杂感，做现代主义文体实验，提倡学习《庄子》和《文选》，主张为艺术而艺术，讨论"为什么没有伟大的作品产生"诸如此类。对此，鲁迅指出："'中国为什么没有伟大文学产生？'我们听过许多指导者的教训了，但可惜他们独独忘却了一方面的对于作者和作品的摧残。”他认为，必须有这样的进一步的追问。他说：“中国的作品‘可怜’得很，诚然，但这不只是文坛可怜，也是时代可怜，而且这可怜中，连‘看热闹’的读者和论客都在内。凡有可怜的作品，正是代表了可怜的时代。”整个文化生态环境遭到了毁坏，尤其是知识分子作家的状态，在专制主义的恐怖之下，已然失去了正常的思考和创造能力。鲁迅的悲愤并不限于个人际遇，他的心是广大的，深知个人与时代的命运扭结无法拆解。所以，在他痛苦之极时，只好叫道——“我们活在这样的地方，我们活在这样的时代。”

专制与改革

关于中国的现代化变革，国外的汉学家溯源较早，甚至及于19世纪中叶。由于历史的延续性，在他们的著作中，也都论及国民党政府在现代化方面的改革和建设。作为20世纪建立起来的国家政权，固然不可能排拒世界潮流的影响，仅就政权资源的积累考虑，仍然不能不重视经济文化的发展，所谓国计民生问题。世界现代史证明，唯靠恐怖统治和意识形态宣传是无法维持一个政权的较为持久的存在的。

如何评价1927年至1937年国民党南京执政时期的“现代化”成就，国外历史学家的看法并不统一。大体而言，有着这样两种截然相反的意见：一种意见认为，这十年是国民党的“黄金时期”，从根本上建立一个健全的政治制度，从而有可能为建立起一个强大、民主和繁荣的国家打下基础，尽管这一希望因为日本的侵华战争而告流产；另一种意见则坚持认为，国民党政府是一个专制、腐败、低效的政府，即使没有抗日战争的干扰，也不可能实现中国所需要的经济改革，因为国民党的思想和组织未能形成中国所需要的现代的基础结构。不过，对国民党基本上持否定态度的美国学者易劳逸，在他的著作《1927-1937年国民党统治下的中国流产的革命》中仍然对南京政府的一些成就作了肯定性的评述。在第六章里，他这样写道：

> 中国在经历了十个春秋之后，到1936和1937年间发生了引人注目的变化。尽管还普遍存在着低效率和腐败现象，但是，这个国家在政治上和领土上正日趋合一，其程度，至少从1915年以来是没有过的。中国在许多方面正呈现出现代国家的特征。例如，重新制定了新的法律条文；存在了将近一个世纪的不平等条约多数已被废除。尤其是教育制度的发展给人以深刻的印象：根据官方的统计数字，在1931至1937年间，小学生人数增长了86%，大学生人数增长了94%。在中国历史上，国家的货币第一次得到统一。
>
> 物质方面的变化——至少在城市里——给人的印象或许更加深刻。在许多大城市里，现代风格的办公大楼拔地而起，密如织网的大道穿过人口稠密的地区，水电供应系统遍布在许多主要市区，一些中心地区的环境卫生也有了明显的改善。收音机和卷烟、电影和汽车、卡巴莱餐厅和西式服装的不断增长，也同样表明西方生活方式的影响。正如一个美国观察小组在1935年所报道的那样（尽管这篇

报道有点儿过于热情洋溢）：“中国在所有领域里，都在发生巨大的变化；同十年前甚至是五年以前相比，现代化将给中国带来长达几个世纪的深远影响。”

……对于许多生活在城市的中国人来说，国民党统治的十年里，他们的生活无疑已经得到改善。西方的技术正在增进生活的舒适；物价的下跌对那些靠固定工资生活的人来说，意味着生活标准有了提高；同前十年或者后十年相比较而言，这段时期对不干预政治的人来说在政治上也较为稳定。因此，今天许多中国人回顾起南京政府时期，称之为“黄金的十年”，就不足为怪了。

关于国民党政府所取得的现代化成就，美国学者沃拉指出，许多是以它掌权以前即已取得的成就为基础的。此外，还有像格拉斯·帕奥等学者以他们的研究，在中国经济增长的背后得出实际上处于“停滞”的结论。易劳逸认为，十年间经济增长的原因还不清楚，据他的推测，主要归结于外国在华投资开设的工厂。此间，外资占有中国工厂资本将近63%。还有学者的研究表明：1937年以前，中国任何地方有现代化经济发展，大多要归功于外国资本。而且，1932-1935年萧条之后生产的大幅度提高，主要是1936年的好收成引起农民对工业品的新需求的结果，而不是源于政府的政策。

事实上，从国民党作为一个执政党的基本理论和内部结构来看，它是不可能使现代化变革在“一党专政”的前现代政体底下持续进行下去的。美国学者柯伟林分析指出，国民党政府沿用孙中山的思想，即以吸引和利用外资来发展由政府控制的国有企业，遏制私有企业和私人资本的扩张，是“对小资产阶级有着深刻的不信任态度”。他说：“有证据表明，一党政府出于政治上的原因，害怕一个拥有财富的、独立的资产阶级的出现。”国民党政府跳不出孙中山思想中的反对市场资本主义思想意识的支配。它要建立的是一种以官僚的专业化为基础的新的国家资本主义，所以抓紧外资和国有企业，也无非借以增强中央政府的力量而已。对于政府来说，坚持传统中的变革，只是集权的一个手段。在现代化过程中崛起的资产阶级，在1927年的关键时刻首先出卖了自己，它不但没有坚持自己已经获得的政治自治权，反而参与设计了惨遭国家政权摧残的方案，为国家政权的权威的重建作出了贡献。“一党专政”的政体不可能保障个人自由权，即使允诺的地方自由权也是暂时的、有限度的。在不发达国家的现代化过程中，政府都扮演着决定性的角色。政府官员由于掌握了权力和国家资金，因此得以利用职权，垄断各种经济事务，扼杀企业的正常竞争，以“现代化”的名义阻碍现代化的步伐，使现代化发展维持在低水平上。“最坏的是，蒋氏政权没有解决中国民众的贫困……这一国家最紧迫的问题。乡村依然是受灾地区，除了上层之外，城市的生活也好不了多少。”美国学者石约翰分析说，出现这种形势有许多原因，超出政府的解决能力，但是，蒋氏政权几乎没有关注经济公正问题，这是主要的。他接着指出，“出现这些问题的原因与民国所有的缺点是相互关联的，但最重要的是与它越来越依靠那些利用国家危难而牟利的人相联系”。

贪污腐败成了一个死症。费正清在《美国与中国》一书中说到国民党中国时，有一个专题的章节，就是“政府成为有组织的‘贪污集体’”，认为这是官僚政治的必然产物：一方面工资收入微薄，另一方面则是官场中最复杂的私人关系使“系统化的贪污”成为制度的伴生物。易劳逸说，到1930年，人们就感受到贪污在各级政府中的普遍程度，已经超过了北洋军阀政府时期。一代不如一代。许多观察家认为，贪污是南京政府最卑劣的特征。有人称，所以存在反对党的威胁，其实是农民对政府腐败和弊政的反弹。蒋介石早已注意到贪污已成普遍现象，在谴责贪污腐败方面，一直走在领导层的前列，但是，为防止和惩治贪污而制订的系统性措施，在人们看来简直成了笑柄，因为事实上被抓住的只是一些没有多大权势的人。极少数高级官员的贪污案件，人们宁愿以权力斗争的角度进行解释。表面上看来，似乎只有蒋介石亲自出面干预，肃贪的工作才会得到落实，殊不知蒋介石是有选择地打击贪污的。事实上，他容忍了他的亲信和家庭成员的贪污行为。易劳逸写道，人们产生如下思路是正常的：蒋介石为打击贪污所采取的周期性的严厉措施，与其说是为了反对贪污，不如说是作为控制其下属的一种手段。绝大多数下属都有着不同程度的贪污行为，所以敬畏他。贪污现象使政府官员的个人品质，到整个的上层组织，出现大面积坏死。

一方面是破败、贫困和死亡，一方面是聚敛、挥霍、荒淫与无耻；一方面是庄严的劳作，一方面是充满血腥与阴谋的权力游戏。

处于转型时期的社会变动，在一个关注现实的作家那里，不可能不留下深刻的辙痕。在《鲁迅全集》中，我们看到，这个思想战士对于时代的观察、感受和把握，有他独特的地方。一、传统和变革是一个互动系统，从国家大事到日常生活，无不在这一大系统之内。变化与凝滞的东西往往连在一起。在鲁迅这里，与其说追踪变革，毋宁说更多地看重社会上保守顽固的成分，而致力于揭露批判和打击。促进旧物的死亡，是一个战士的使命。二、相对地，经济变动在他那里，并没有如一般的唯物论者那般着重地加以讨论，他注重的仍然在于精神文化层面。早年的“思想革命”的宗旨始终不曾改变，他认为：文化更关乎大众，而改革总是多数人的事业。只要比较一下《坟》和后期几个杂文集里的文化随笔，便可以清楚地看出不同时期的社会文化变动的因子，以及作者所取的不同的批判路向。三、随之而来的是，知识阶级在大时代中的思想和行为的变化，是他在众多社会角色中所特别重视的。在敏感的知识者那里，不但可以看到统治者和无权者的动态，也可以看到传统文化作为一种背景文化如何交替着再现，或如何为新的形式所置换。

现代化变革是要付出代价的。其中，损害最惨重的无疑是社会底层，广大的劳动阶级，尤其是农民。现代化从某种意义上说就是都市化。在农村，没有完整的变革方案，没有建设项目，唯以廉价出卖土地和劳动力换取城市的畸形发展。1930年颁布的“土地法”长期得不到实行，苛捐杂税有增无减，加以无法抵御的天灾，可谓民不堪命。《阿Q正传》的作者，是不能不关切着挣扎在这土地上的人们的运命的，但是，他已经无法再到乡村去与实际生活相接触了，只好通过报章亲近那里发生的一切，从中勾画一些细节，让都市的人们也能关注那个被遗忘的广大的世界。像《迎神和咬人》《不知肉味和不知水味》《我要骗人》等文章，都使用了相当典型的新闻消息，行文中流布着他的愤懑与伤痛。他写过两首七绝赠人，都是写的农村少女，其一是：“明眸越女罢晨装，荇水荷风是旧乡。唱尽新词欢不见，旱云如火扑晴江。”还有一首题作《所闻》，诗云：“华灯照宴敞豪门，娇女严装侍玉樽。忽忆情亲焦土下，佯看罗袜掩啼痕。”都市与乡村，自然与人事，豪奢与困苦，生存与死亡，都有着色彩鲜明的比照。在苍茫不可及的忆念里，那是他的亡失已久的家园。

解除海禁以来，中国的改革多集中在沿海一带的通商口岸，30年代的上海，就是现代化都市的典型。作为传统文化的批判者，鲁迅这时的锋刃所向，已经明显地扩展到现代文化范围。费正清用这样一句短语概括国共两党政权："以贸易为生的蒋介石政府和以土地为生的毛泽东统辖的人民。"国民党时期的现代化，一个很突出的特征是沿岸城市的市场化、商业化，资本同权力一样，其扩充力量是无法遏制的。传统的生产方式和生活方式，市民社会的习惯和风尚，不能不因此发生根本性的变化。《上海的少女》《上海的儿童》《"吃白相饭"》《中国的奇想》《豪语的折扣》《"揩油"》《爬和撞》《各种捐班》《唐朝的钉梢》等等都是现代都会生活的解剖。物质第一，金钱至上，自私，虚伪，势利，机会主义，追逐时髦和享乐，鲁迅统称之为"商人气"，很可以同他说的"水浒气"合成一副对子。其实，商业原则并不限于商业，在商业之外的区域同样有着广泛的体现，表面上看来，它同权力中心社会形成的传统原则是对立的，冲突的，其实不然；官商合流，钱权交易，成了东方国家现代化过程中的一种特殊现象。这现象不只见于商人和工人里面，而且已经进入知识界里了。《文坛三户》《"商定"文豪》《商贾的批评》《登龙术拾遗》《大小骗》，还有论"文人相轻"的一些文章，都说到文学的"商业化"的情况。鲁迅在信中描述说："上海的文场，正如商场，也是你枪我刀的世界，倘不是有流氓手段，除受伤以外，并不会落得什么。"总之，上海由商业的发达而开辟出了一个“险境”。鲁迅不只一次勾画洋场上的“倚徙华洋之间，往来主奴之界”的“西崽相”，跟早期刻画的传统奴才是有区别的，但都一样的富于典型性。对于由沈从文等挑起的“京派与海派”作家的论争，他前后写了《“京派”和“海派”》《北人与南人》等文章，把“京派”与“海派”作为两种共生的文化现象进行分析，是相当深刻的文化批评。他指出，北京多官，上海多商，所以文人在京者近官，近官者使官得名，没海者近商，近商者使商获利，总之“京派”是官的帮闲，“海派”则是商的帮忙。他在另外的文章中论及帮忙与帮闲，都是别具眼光的。在这里，他则从双方论争的区别处，看出共同的地方，说是“今儿和前儿已不一样，京海两派中的一路，做成一碗了”。由此生发出来的对于地域文化的议论，说南北文化相师，固然不失为中国的一种小小的自新之路，但是将缺点结合到一起，那结果，“产生出来的一定是一种不祥的新劣种”。如何看待“现代性”问题，是一个很关键的问题。鲁迅要指出的是：一、“现代性”不可能凭空产生，必须重视传统在其中的作用；二、新事物同样应当接受分析和批判，不是凡新的都是好的。

鲁迅一生不遗余力地宣传改革，而革命，自然也包括在这里面。老调子已经唱完，不改革是没有出路的。鲁迅指出，“维持现状”的论调听来好像很稳健，但实际上是行不通的，历史也在不断地证明着“并无其事”。中国20世纪的改革，已经不可能封闭式地进行。鲁迅提倡“拿来主义”的态度是一贯的。他鼓动说，要放开眼光，大胆地拿来。或使用，或存放，或毁灭，先拿来再说。没有拿来的，人不能自成为新主人；只有成为新主人，旧宅子才会成为新宅子。要把西方的观念、学说、制度“拿来”，必然遇到巨大的阻力。首先，“拿来”的人要“沉着，勇猛，有辨别，不自私”，掌权者怎么可以做到呢？“多数的力量是伟大，要紧的，有志于改革者倘不深知民众的心，设法利导，改进，则无论怎样的高文宏议，浪漫古典，都和他们无干。”鲁迅不能不把民众当作改革的主体，他是不相信脱离民众的“精英主义”可以解决问题的，所以说，“假如竟有‘好人政府’，出令改革乎，不多久，就早被他们拉回旧道上去了”。然而，“人民”又如何呢？在同一篇文章《习惯与改革》中，鲁迅又指出，“体质和精神都已硬化了的人民，对于极小的一点改革，也无不加以阻挠，表面上好像恐怕于自己不便，其实是恐怕于自己不利，但所设的口实，却往往见得极其公正而且堂皇”。连改革者本身也必须加以改革，不是大叫未来的光明可以完事的。统治者与人民之间，除了对立，还有传统意识形态方面的关联，构成为阻碍改革的“后援”。鲁迅痛感到，“旧社会的根柢原是非常坚固的，新运动非有强大的力不能动摇它什么。并且旧社会还有它使新势力妥协的好办法，但它自己是决不妥协的”。他认为，中国过去的许多改革，每次都是新的敌不过旧的，大的方面的原因是在新的一面要求很小，容易满足，没有坚决的广大的目的。改革必须是通盘的改革，不自苟安于目前暂时的位置或局部的胜利，所要的是不断的战斗和解放。鲁迅从妇女解放、家庭教育、学校教育、文字改革、文艺运动、文化改造等诸多方面探求社会改革的道路。他指出，同是不满于现状，打破现状的手段便大不同：一是难行，一是易举。改革者的两大派是有斗争的。他对于难行派——胡适即有文章《知难行亦不易》，是批评孙中山的“知难行易”的理论的——特别地加以批评，还专门写过一篇《知难行难》的短文，讽刺难行派的代表胡适。对于“难行的改革者”，他说是“虽无改革之实，却有改革之名”，他们种种的改革计划都不过是“虚悬的计划”。他就推行新文学一事，引申说：“有些改革者，是极爱谈改革的，但真的改革到了身边，却使他恐惧。惟有大谈难行的改革，这才可以阻止易举的改革的到来，就是竭力维持着现状，一面大谈其改革，算是在做他那完全的改革的事业。这和主张在床上学会了浮水，然后再去游泳的方法，其实是一样的。”他深知改革之难，所以，才坚定说道：“但以为即使艰难，也还要做；愈艰难，就愈要做。改革，是向来没有一帆风顺的……”

鲁迅的改革思想，完全落在社会上面；至于政府内部的所谓改革，或是种种旨在增强国家权威的改革方案是他不感兴趣的，甚至是反感的。这是鲁迅和胡适们大不同的地方。在鲁迅看来，国家的改革和社会的改革是两回事，国家的改革是政府官员的事情，而社会的改革则是大众的事情。所谓“中国”，在他的心目中从来就是中国社会，也就是中国的人民大众，而不是中国政府。正由于他把大众看成改革的主体，所以在后来的抗日救亡时期，才赞成文学界采用“民族革命战争的大众文学”的口号，而不是“国防文学”的口号。由国家来改造社会，而不是由社会去改造国家，他以为是荒谬的；正是在这个意义上，他不承认中国有所谓“好政府”。他对统治者是不信任的，反对的，何况以屠戮人民为能事的统治者。中国要民主呢？还是要独裁呢？本来不言自明的问题，在30年代中期，居然由胡适他们主持的《独立评论》杂志挑起讨论，热热闹闹地持续了两年时间。对于这些御用学者，以及他们的所谓讨论，他是蔑视的。这个孤傲的角斗士，这时唯紧握了他的投枪和匕首，对准独裁政府。在他那里，参与讨论的学者无论抱持或趋附何种观点，都是专制政治的伴生物，是聚集到政府后院里的寄生的一群，正所谓一丘之貉。

蒋介石政府一面积极“剿共”，一面清除异己，力图实现一个“党外无党，党内无派”的统制局面；然而力不从心，分裂和混乱有增无已。1931年“九一八”事变，进一步唤起国人对政局的不满。在政治界和知识界中，则普遍产生了一种增强民族凝聚力的要求，希望出现一个统一、廉洁、坚强有力的政府。这时，首创一党制的苏联，以及法西斯德国，经济和军事实力方面都有着迅速的发展，这对中国的精英分子来说是富有吸引力的。蒋介石充分利用了眼前的大好机遇，调整政府机构，如恢复军事委员会、设立军统局等，迅速扩充个人势力，将“一个领袖，一个主义，一个政党”的集权体制推向最高阶段。

知识分子主动向权力靠拢。从1933年开始，中国报刊大量介绍德国、希特勒、墨索里尼、国家社会主义、法西斯主义。除中国人撰写的文章之外，还翻译了不少有关的德文原著和英文著作。被称为“法西斯主义圣经”的《德国国社党党纲》及希特勒的《我的奋斗》，都是在这时候被译成中文广泛传播的。以《独立评论》为中心的被称为“民主与专制”的论争，就是在这种气氛中发起的。早在1932年6月，傅斯年在该刊发表了《中国现在要有政府》一文，说是“虽有一个最好的政府，中国未必不亡，若根本没有了政府，必成亡种之亡”，还得出“此时中国政治，若离了国民党便没有了政府”的结论。稍后，丁文江、翁文灏分别发表文章，都是强调强权政治的。翁文灏呼吁说：“在这个危急存亡的时候我们更需要一个政府，而且要一个有力量能负责的政府。”1933年5月，蒋廷黻发表《知识阶级与政治》，有一段很著名的话，说：“我们应该积极的拥护中央。中央有错，我们应设法纠正；不能纠正的话，我们还是拥护中央，因为它是中央。”11月发生“福建事变”，一个叫作“中华共和国人民革命政府”的另一个政府的成立，在社会上层人士中间引起了重重忧虑。这时，蒋廷黻写了《革命与专制》一文，以欧洲历史为例，论证建立民族国家的重要性。他认为，中国现在不能有真正的革命，得先经过一段新的专制，把国家建成统一的民族国家。胡适接连发表了《建国与专制》和《再论建国与专制》两篇文章进行反驳，主张民主宪政。蒋廷黻写了回应文章，坚称“民主宪政不可行”，“唯一的过渡方法是个人专制”。吴景超发表《革命与建国》作为声援，突出强调领袖的重要性。胡适发表《政治统一的途径》，反对蒋廷黻和吴景超的“武力统一论”，重弹国会制度的旧调。政治学家钱端升在1933年间还在赞美魏玛民主，此时却转了一个大弯，表示拥护“集权政府”，认为纳粹主义的胜利，法西斯主义在意大利和共产主义在苏联的胜利，都“给民主以致命的打击，民主的弱点已暴露无遗”。他在《民主政治乎？极权国家乎？》一文中说：“独裁是一种最有力的制度”，“民主政治是非放弃不可的”，“在民族情绪没有减低以前，国家的权力一定是无所不包的——即极权国家”。哥伦比亚大学哲学博士陈之迈也承认，在“当前形势”下，集权政府更加适合，更加有效。丁文江接连撰文，认为民主制度“缓不济急”，需要高效的集权政府以取代之，还进一步指出：“唯一的希望是知识阶级联合起来，把变相的旧式专制改为比较的新式独裁。”他提出的标准是：“完全以国家的利害为利害”，“彻底了解现代化国家的性质”，“能够利用全国的专门人才”，“利用目前的困难问题来号召全国有参与政治资格的人的情绪与理智，使他们站在一个旗帜之下”。他还从知识者集团的特定利益出发，说：“新式的独裁如果能够发生，也许还可以保存我们的独立。”一时间，“新式独裁”论在知识界得到热烈的响应。胡适撰文《答丁在君先生论民主与独裁》，再度强调政府内部的民主操作，反对“新式独裁”，说：“我可以断断的预言：中国今日若真走上独裁的政治，所得的决不会是新式的独裁，而一定是那残民以逞的旧式专制。”然而，他简直已经为他的朋友所包围，连这样温和的为党国设想的主张，也淹没在一片高唱独裁的嚣声里了。

“领袖独裁制”在国民党学者中拥有更大市场，南京中央大学教授创办的《时代公论》主编杨公达公开呼吁“统一党权”，“采取史达林对付托洛斯基，孟梭里尼对付尼蒂的手段，不惜放逐异己的别派，举一网而打尽之”，主张由国民党最有力的一派组织“清一色政府”，建立“元首制”。1935年1月，陶希圣等十教授发表《中国本位的文化建设宣言》，借文化问题而言政治。宣言打出“现代中国的需要”的幌子，强调“中国本位”，其实是“党本位”。在相关的讨论中，即有人主张“必须实行统制主义”，支持“一党专政”。《汗血月刊》声称：“中国需要独裁，而更需要领袖，有了独裁的中心领袖，然后所有的革命力量可以环绕这个重心而凝结起来，于是党的组织有了中心，革命的力量有了最后的归宿，从此中国便能得到空前的成功。”

在党内，对“领袖独裁制”的鼓吹无疑更为突出。陈立夫、陈果夫创办的《政治评论》月刊倡导“一个主义，一个组织，一个领袖”的口号，力行社被认为是专以拥护蒋介石为党总裁的秘密组织，声称“现在谈复兴中国，谈推进革命，任何说话都是空的，最紧急的任务便是统一党的组织，建立有绝对权威的革命中心领袖”。它发起“中国革命复兴运动”，旨在“强化领导中心，巩固中央政权，促成国家统一”。以黄埔军校学生为核心筹组的特务组织蓝衣社大力呼吁实行中央集权控制的新形式。张学良强调说：“在一个统一国家里，必须绝对服从一个领袖的领导，才能够把国家复兴起来。”他推举蒋介石为“最适当之领袖”，并倡议组织“国家社会党”。周毓英积极推广法西斯主义本土化理论，说“社会需要国家主义，法西斯蒂便是最活泼的国家主义。社会需要社会主义，法西斯蒂便是最前进的社会主义”。国民党元老张继则赤裸裸地称蒋介石为“中国的希特勒”。1934年3月，全国有20个省市的国民党党部公开敦促蒋介石就任党的总理或总裁。

墨索里尼对希特勒说的“统一与伟大”，是法西斯国家追求的目标，对于中国的众多具有偶像崇拜倾向的人们来说，同样具有巨大的感召力。在“民主与独裁”论战中，之所以出现一边倒的现象是有着深刻的社会根源的。像胡汉民这样有影响的老党员出面反对个人独裁，其实也都是为了加强一党独裁，并不否认独裁本身。这样，蒋介石就可以放开手脚，在党内外不断增加个人势力，而且可以以党和政府的名义，肆意对国家实行政治宰制了。1932年3月，蒋介石登上军事委员会委员长宝座。至1938年3月，国民党全国临时代表大会召开时，中央执委会正式向大会提议设置“总裁”，使政党有“稳固之重心”，会议制随之废除，“一元化领袖制”相继确立。三民主义为体，法西斯主义为用，这就是蒋介石所奉行的有中国特色的专制主义。在确保党和领袖独裁的基础上，部分推行“专家治国”路线，使之带上“开明专制”的色彩。1932年11月，蒋介石设立国防计划委员会，由他直接领导。除了秘书长翁文灏，副秘书长钱昌照是一位留学英国的经济学家，整个50人的班子，都是学术界中有影响的人物。1935年底，蒋介石自任行政院长，翁文灏为行政院秘书长，主持实际工作。《独立评论》圈子中的著名人物，几乎全数为蒋介石的“人才内阁”所网罗，如吴鼎昌任实业部长，王世杰任教育部长，蒋廷黻任政务处长及行政院副手，张嘉璈任铁道部长，蒋作宾任新内政部长，丁文江进入翁文灏当主席的政府委员会里当顾问。随后，连胡适本人也随同这批主张独裁的朋友一起，穿起“朝服”来了。当廷臣和当学者是很不一样的。像宪法学家，北大法学教授王世杰博士，曾经在《东方杂志》发表过鼓吹工人有集会和团体契约权的文章，表达他的自由主义思想，一俟担任法制局局长以后，便起草《暂时反革命治罪法》《劳资争议处理法》，不能不为统治阶级辩护了。中国的自由主义与专制主义比邻而居，免不了串门子，以致成为一家子。

英国学者波兰尼说："即使公共权力最开始是以恐怖为基础的，它也不可能不通过说教来补充它的强制力；为了控制其人民而培育的思想也在某种程度上主导着统治者自己的行为。"1934年，蒋介石在江西南昌发动有名的"新生活运动"，成立"新生活运动促进会"；随后，由陈果夫、陈立夫等推向全国，成为全国性的政治思想运动。这一运动旷日持久，一直延至抗战胜利，高潮是1934年至1935年。显然，蒋介石并不满足于要求统率党政军三界的领袖地位，而企图超越其上，进一步成为国民运动中的权威。他又称"新生活运动"为"社会建设"，强调"生活军事化"，试图通过法西斯运动的宣传手段，把传统道德与法西斯主义的纪律与忠诚的混合体传播到城市群众中，尤其是青年中去。所以，新生活运动在汉学家那里，又被称为中国"'文化大革命'的国民党版"。

胡适晚年有一封信致蒋介石，在回顾国民党结束大陆统治的历史时，他指出失败的原因是："根本上因党政军，大权集于一人，一切补救方法，都不能打破这'一党专政'的局面，也都不能使国民党本身发生真正有效的改革。"美国历史学者石约翰认为，创立并维持这种现代专制制度与蒋介石的长期军旅生涯有关。他分析说："作为孙中山的继承人和国民党的领导人，他并非简单的、只是另一个军阀。但他基本上不是一个文明的政治家，甚至不是一个能把军事力量与革命有效地结合起来的领导人。结果，他总是更多地想自上而下地控制社会，而不是动员觉醒民众的力量来复兴国家。”其实，“一党专政”必然导致领袖独裁，从根本上说，这不是个人的经历和品质问题，与少数以这种或那种方式满足现状的统治精英的素质也关系不大。美国学者兰比尔·沃拉对中国现代化问题的观察，视野则开阔得多。他指出：“国民党在接受苏联的援助后布尔什维化了，转而反对西方的民主政治模式。党现在可以向传统妥协，确认国家比个人重要，保护个人的民主权利（在这里也就是民主的目的）得让位于使国家统一和强盛的目标。它主张由一个党实行家长式的极权主义统治，把党（像历来的皇帝）置于国家之上。”他进一步得出结论说：“20世纪30年代的中国社会背景拒绝了自由民主模式，有效地扼杀了‘五四’时代露出的这一弱小的具有个人倾向的民主运动。”

关于五四精神的蜕变，新文化运动的发起者胡适是看得清楚的。1935年5月，他在《个人自由与社会进步》一文中这样说：“这年头是‘五四运动’最不时髦的年头……（因为）五四运动的意义是思想解放，思想解放使得个人解放，个人解放产出的政治哲学是所谓个人主义的政治哲学。”可是，在论战中，当他为民主争辩的时候，着眼点仍然在国家，而不是个人。他认为，中国人民是无知无能的一群，所以应当有“幼稚园式的政府”，实际上脱不掉“训政”的思路。对于独裁，他并没有从根本上加以否定，只是对“成功”与否没有把握；在他看来，成功的独裁“亟需高度的智力和技术”，而这恰恰是中国所“奇缺”的。胡适一方面信奉自由主义，一方面崇尚权威主义，前者是理念的，后者才是实践的。这中间肯定存在着种种冲突，对他来说，真可谓“知难，行亦不易”，结果还是后者战胜了前者。他对蒋介石评价说：“他长进了，气度变阔大了，态度变和平了”，又说蒋介石几年来“能相当的容纳异己者的要求，尊重异己者的看法”。他拥护蒋介石的反共立场，甚至为政府对日侵略的不抵抗政策辩护，说：“政府不能用全力注意到疆土的防守，一半是因为剿匪的工作需要很大的注意和很大的兵力，一半也是因为国内不统一，各方的猜嫌不能全消……”他在日记里表示：“我愿意用我道义力量来支持蒋介石先生的政府。”对于胡适热衷于上层政治活动，鲁迅在信中向朋友提起过，态度是鄙夷的：“新月博士常发谬论，都和官僚一鼻孔出气，南方已无人信之。”

1933年3月18日，胡适在北平对记者发表谈话，其中谈到日本对华侵略时说：“只有一个方法可以征服中国，即彻底停止侵略，反过来征服中国民族的心。”这样的话，居然出自五四启蒙主义者之口，确实是可怕的。鲁迅多次引用过胡适的这次谈话，可见刺激之深。

胡适自己说对政治有一种终极的特别的兴趣，其实他的朋友们也都如此。当胡适等人积极主张立宪时，广东的国民党内的反蒋势力即奚落说：他们“未必是为民争权，不过想借此机会获得个人政治活动的地位，在政府里面分一杯羹罢了”。学者的身份容易掩盖对权力的欲望，致使半个世纪之后的学者对这欲望的掩盖加以掩盖，居然也做得那般的轻松自如。法国哲学家德勒兹在与福柯的谈话中指出，以马克思所强调的“利益”说不能完全阐释权力问题，于是使用“欲望投资”一词来解释，认为“人们必要时可以通过一种比利益更深奥、更分散的方式产生欲望”；同时指出，“这并不同于利益冲突，因为利益总是追随和处在欲望支配的环境中”。韦伯曾经警告说，从事一般政治的人，特别是打算以政治为业的人，在道德上将陷于两难的困境，他将无法使自己或群体的灵魂得救。追随政府进行具体的政治运作，必然奉行一种秩序主义哲学，就像歌德在美因茨遭到围困时说的那样：“我宁可要非正义，也不要混乱。”而且，为权力服务，必然意味着对“权力的整体政策”的服从。权利在本质上是整体化的，因此不可能绕道而行。事实证明，胡适们作为知识分子而晋身政府部门，很快为官僚制所同化，成为科塞所称的那类“特别官僚”。科塞肯定说：“如同生物体能包围并中和外来物体一样，官僚制也能使特别官僚屈从于它自身的用途。”他认为，即便处在决策高层，“在这种职位上的知识分子也不是自由的代理人”。一者知识分子是根据一定的标准对政策作出贡献的，而在规定这种标准时，他只起到次要的作用；一者知识分子作为顾问，仅只声名显赫，“他的名字可能被用来为其实已经制定好的政策提供合法性。在这种情形中，‘决策者所需要的不是知识分子的主意，而是他的赞同’。在其他情形下，顾问事实上可能成为替罪羊”。李普曼对掌权的方式有着直接的体验，他总结道：“当一个人由教授与研究的职业变为决策者，变为掌权的行政部门的官员，变成政治家和事业领袖时，他就受到了约束。他的言辞不能被作为无私之论得到信赖，他的教导不能当作科学来信仰。把追求知识与行使政治权力结合在一起是不可能的，那些试图这样做的人，结果是成了相当恶劣的政客或不再是一名学者。”胡适在《说儒》一文中将“儒”的语源考证为柔，实际上是认同知识分子以其柔软可塑的特性，自然进入权力的规则或不规则的容器之内。以他为代表的英美自由知识分子的群体入阁的行为，体现了统治集团的旨趣。即使在此前后充当过所谓“反对派”，要“人权”，要“自由”，要“民主”，要“法治”，也如洛扎诺夫形容当时俄罗斯的“反对派”那样，不过是“奴才房间的反对派”而已。

法国知识分子德布雷有一个基本观点是：成群的知识分子与机构结盟，并从中得到权力和权威。科塞在《理念人》中列举知识分子活动的八种制度化环境也是很有意思的。比较一下不同的知识分子对于不同的制度化环境的选择和利用程度，他们与何种机构结盟以及如何结盟，对于了解他们的品质、姿态和面貌是颇具参考价值的。像胡适的一群，他们主要是通过大学、刊物、沙龙聚会进行密切的接触和联络的。胡适无论是作为大学的决策者，或是教授，都把教育当成为名山事业，而不致放弃；他所办的杂志主要是言论杂志，所载内容都是为学者所欣赏的、为治者设想的所谓建设性的意见。留学欧美的朋友的聚会，除交流政治文化思想之外，多少带有增进私谊的性质。鲁迅颇不同，教育于他首先在于造就个性，培养反抗精神；办刊也是文学杂志，而且是以暴露性批判性为特色的；社交很少，常常回避聚会，上海十年更是到了离群索居的地步。即使在左联，他也是不开会、不交往，明显地游离于组织之外的。

在中国知识界中，鲁迅是一个孤独者，因此，在一生以专制政府为主要目标的、没有任何援手的、充满各种风险和干扰的斗争中，需要他特别的勇敢和坚忍。

1927年底，鲁迅刚到上海，就接连做了一通讲演，其中最著名的两次是：《关于知识阶级》和《文艺与政治的歧途》。这两次讲演都是谈知识者和权力者、文艺家和政治家的对立与冲突的，表明了在专制政治底下坚持斗争的不妥协、不屈服的立场。说到统治者，两次讲演都说到猴王和酋长，其突出的特征，就是禁止思想和任意杀戮。“且看动物中的猴子，它们自有它们的首领；首领要它们怎样，它们就怎样。在部落里，他们有一个酋长，他们跟着酋长走，酋长的吩咐，就是他们的标准。酋长要他们死，也只好去死。”在“酋长政治”面前，知识分子是在指挥刀下听令行动，还是发展倾向民众的思想呢？鲁迅据此将知识阶级分为真假两种，但判断说，假知识分子寿命比较长。他把思想运动同实际的社会运动联系起来加以考察，认为专制时代所以能容知识阶级存在，原因就在于他们的所谓思想，唯是脱离现实的空谈。然而，专制是否就可以因此长久地维持下去呢？他明明白白指出："政治家想不准大家思想，而那野蛮时代早已过去了。"又说："殊不知杀了文学家，社会还是要革命；俄国的文学家被杀掉的充军的不在少数，革命的火焰不是到处燃着吗？"

"民主与专制"的论战以双方共同进入"人才内阁"为结局，颇有大团圆的意味，而由力行社等为蒋介石独揽大权造势而发起的以领袖独裁为中心的法西斯运动，则由蒋介石本人出面叫停。中国到底有没有法西斯主义？"一党专政""以党治国"的政制算不算极权主义？《法西斯主义》一书著者沃尔特·拉克尔认为，世界上其实不只存在一种，而是多种法西斯主义，但是，它们有一个公分母，也就是说，有一个"法西斯主义的最低限度"，如共同信仰民族主义、等级结构和"领袖原则"等。他说："法西斯主义依赖于一个国家政党的存在，而且程度不同地都依赖于对宣传的垄断以及威胁并使用暴力对付反对者。"在法西斯主义哲学中，暴力一直起着核心的作用；在这里，意志是第一位的，司法是第二位的。"在法西斯主义政权下没有任何独立的司法。相反，如希特勒在1934年宣

鲁迅在光华大学讲演时摄。1927 年 11 月 16 日

布的，党统治着国家。”在不同权力形式的组合中，恐怖与宣传的结合，被视为现代极权主义传统。像汉娜·阿伦特等，就是把希特勒德国和斯大林俄国并提为极权主义国家。恐怖手段除赤裸裸的暴力以外，还以不完全保密的办法，多少带有神秘主义的办法，散布一种令人捉摸不定的、难以名状的、吠形吠声的恐惧，使之渗透到国民中间，而不仅仅施之于敌对群体的成员之中。恐怖与宣传是对立的：一个是强制性的，一个是说服性的，可是在完整权力条件下，它们是如此的相辅相成。

大屠杀是一种恐怖，“暗暗的死”是另一种恐怖。自“清党”之后，鲁迅不断著文，揭露国民党政府制造的“秘密死亡”。《写于深夜里》有一节，题目就叫“略论暗暗的死”，文章使用大量反语，刻毒而悲凉：

> ……给死囚在临刑前可以当众说话，倒是“成功的帝王”的恩惠，也是他自信还有力量的证据，所以他有胆放死囚开口，给他在临死之前，得到一个自夸的陶醉，大家也明白他的收场。我先前只以为“残酷”，还不是确切的判断。其中是含有一点恩惠的。我每当朋友或学生的死，倘不知时日，不知地点，不知死法，总比知道的更悲哀和不安；由此推想那一边，在暗室中毕命于几个屠夫的手里，也一定比当众而死的更寂寞。
>
> 然而“成功的帝王”是不秘密杀人的，他只秘密一件事：

和他那些妻妾的调笑。到得就要失败了，才又增加一件秘密：他的财产的数目和安放的处所；再下去，这才加到第三件：秘密的杀人。……

所以第三种秘密法，是即使没有策士的献议，也总有一时要采用的，也许有些地方还已经采用。这时街道文明了，民众安静了，但我们试一推测死者的心，却一定比明明白白而死的更加惨苦。我先前读但丁的《神曲》，到《地狱》篇，就惊异于这作者设想的残酷，但到现在，阅历加多，才知道他还是仁厚的了：他还没有想出一个现在已极平常的惨苦到谁也看不见的地狱来。

在"清党"以后的党国里，整个形势，就像鲁迅说的那样，"捕杀的网罗，张遍了全中国"。这种恐怖，的确随时随地同官方的宣传搅缠在一起。所以，鲁迅在抨击恐怖制造者的同时，常常戳穿他们的阴谋，暴露各种政治宣传的反动本质。在《关于中国的两三件事》中，鲁迅公开指出，国民党掌握政权之后，省悟到一切统治手段都不彻底，唯有"大造监狱"，此外是"什么也没有"。监狱有两种，一种是到处都有的国粹式，还有一种西洋式，即所谓"文明式的监狱"，是做给到中国的外国人看的。至于"反省院"这样的"特种监狱"，则是新近发明的。犯人在里面可以受教育，学政治，反省和写毕业论文。如果不肯做，或者不能做，自然非终身反省不可，而做

鲁迅在劳动大学讲演，题为《关于知识阶级》。1927 年 10 月 25 日

得不够格，也还是非反省到死不可。文章说，偶尔遇见考完放出的“良民”，大抵是萎靡不振的，可知这种新兴的监狱是如何地使犯人受着肉体和精神的严重折磨。《同意和解释》给专制主义换了一个说法，叫“动物主义”。“上司的行动不必征求下属的同意，这是天经地义。”征求同意或加以解释，都是意在宣传。“解释的作用，在于制造自己威权的宗教上，哲学上，科学上，世界潮流上的根据，使得奴隶和牛马恍然大悟这世界的公律，而抛弃一切翻案的梦想。”“当上司对于下属解释的时候，你做下属的切不可误解这是在征求你的同意，因为

即使你绝对的不同意，他还是干他的。他自有他的梦想，只要金银财宝和飞机大炮的力量还在他手里，他的梦想就会实现；而你的梦想却终于只是梦想……”马克思曾经说过：“中世纪是人类史上的动物时期，是人类动物学。”动物主义盛行，可见在中国，着实未曾走出中世纪。五四是反对动物主义的，那是走出中世纪的第一步。然而，官方却宣传说，“五四式是不对了”，“这是很容易为‘反动派’所利用的”。对此，鲁迅就学生请愿遭到镇压一事写道：“为了矫正这种坏脾气，我们的政府，军人，学者，文豪，警察，侦探，实在费了不少的苦心。”自然，压迫者也有虚弱的时候。《上海所感》揭露说：“革命者因为受压迫，所以钻到地里去，现在是压迫者和他的爪牙，也躲进暗地里去了。这是因为虽在军刀的保护之下，胡说八道，其实却毫无自信的缘故；而且连对于军刀的力量，也在怀着疑。一面胡说八道，一面想着将来的变化，就越加缩进暗地里去，准备着情势一变，就另换一副面孔，另拿一张旗子，从新来一回。而拿着军刀的伟人存在外国银行里的钱，也使他们的自信力更加动摇的。”为将来计，他们是随时准备洗刷自己的。关于贪污，鲁迅的讽刺可谓入木三分。《外国也有》一文引出古巴一则电文，说古巴政府对前总统麦查度及其旧僚属下逮捕令，并扣押其等财产二千五百万美元云。鲁迅写道，对外国这等贪污案例的发现，“已足为我们的‘上峰’雪耻”；接着说：“假使世界上只有一家有臭虫，而遭别人指摘

鲁迅在暨南大学讲演，题为《文艺与政治的歧途》。1927 年 12 月 21 日

的时候，实在也不大舒服的，但捉起来却也真费事。况且北京有一种学说，说臭虫是捉不得的，越捉越多。即使捉尽了，又有什么价值呢，不过是一种消极的办法。最好还是希望别家也有臭虫，而竟发见了就更好。”政府是善于宣传的，也就是对外说谎，鲁迅在《宣传与做戏》中还举例说，如教育经费用光了，却还要开几间学校装装门面；全国有大量文盲，总得请几位博士对西洋人去讲中国的精神文明；至今还是随便拷问，随便杀头，一面却总支撑着几个“模范监狱”给外国人看看。总之，是“普遍的做戏”。“称‘人民’为‘反动分子’，是党

国的拿手戏。”

人民在欺骗和压制之下，失了力量，哑了声音，至多也不过有几句民谣。“天下有道，则庶人不议。”就是秦始皇隋炀帝，他会自承无道么？百姓就只好永远箝口结舌，相率被杀、被奴。这情形一直继续下来，谁也忘记了开口。

在法西斯主义的影响日渐扩大，“民主与专制”的论战揭开了序幕，众多学者纷纷鼓吹独裁的时候，鲁迅接连写了两篇抨击希特勒和法西斯主义的文章。《华德保粹优劣论》开始便说：“希特拉先生不许德国境内有别的党，连屈服了的国权党也难以幸存，这似乎颇感动了我们的有些英雄们，已在称赞其‘大刀阔斧’。但其实这不过是他老先生及其之流的一面。别一面，他们是也很细针密缕的。”极权主义的特点就是全国控制，除禁止别的政党政见之外，连一首歌是什么倾向，一条狗是什么性别，是否需要禁止，都要作出具体的规定。《华德焚书异同论》通过秦始皇和希特勒的焚书一事的比较，指出法西斯主义旨在消灭“非德国思想”，消灭异端，消灭科学的野蛮行为，暴露其使妇人和小儿永远沉沦于黑暗之中的反人类的本质。《关于中国的两三件事》第一节“关于中国的火”，里面还说到希特勒，从放火说到烧饭点灯，证明古今中外的专制统治者，无不以毁灭人民的福祉为目的。文章都以“华德”并提，着重点仍在希特勒的“黄脸干儿们”。他们为希特勒的烧书，打犹太人，不可一世而兴高采烈，向被压迫者大加嘲笑，完全的沆瀣一气。然而那结局，文章暗示说，都“不必二世”而亡的。

对于一个独裁、专制、反人民的政府，鲁迅没有像热衷于自上而下地实行改革的秩序主义者那样，幻想着如何帮助政府完善体制，填补缺陷，消除隐患，无论从情感到理性，他都不能接受这类改良主义计划，相反极力促进另一种激进主义的改革方式，即通过革命使政府消亡。这样的政府越庞大，国家越有实力，人民失去的就会越多，直到一无所有。

暴力和恐怖剥夺了他的安全感，虚伪的宣传使他感到恶心。在同行的大量的叛卖、顺从、钻营、苟且中间，他的愤激而又不无忧伤的声音，已然遭到政府，同类，以至自己的掩盖。在他晚年的书信里，流布着黑暗，禁锢，死亡的阴影；许多在《野草》中曾经流露过的情绪，其实已经变换了形态重新在这里显现，这在杂感中是少见的。1931年2月4日致李秉中：“我自旅沪以来，谨慎备至，几于谢绝人世，结舌无言……文人一摇笔，用力甚微，而于我之害则甚大。老母饮泣，挚友惊心。十日以来，几于日以发缄更正为事，亦可悲矣。今幸无事，可释远念。然而三告投杼，贤母生疑。千夫所指，无疾而死。生丁今世，正不知来日如何耳。东望扶桑，感怆交集。”又说：“生丁此时此地，真如处荆棘中，国人竟有贩人命以自

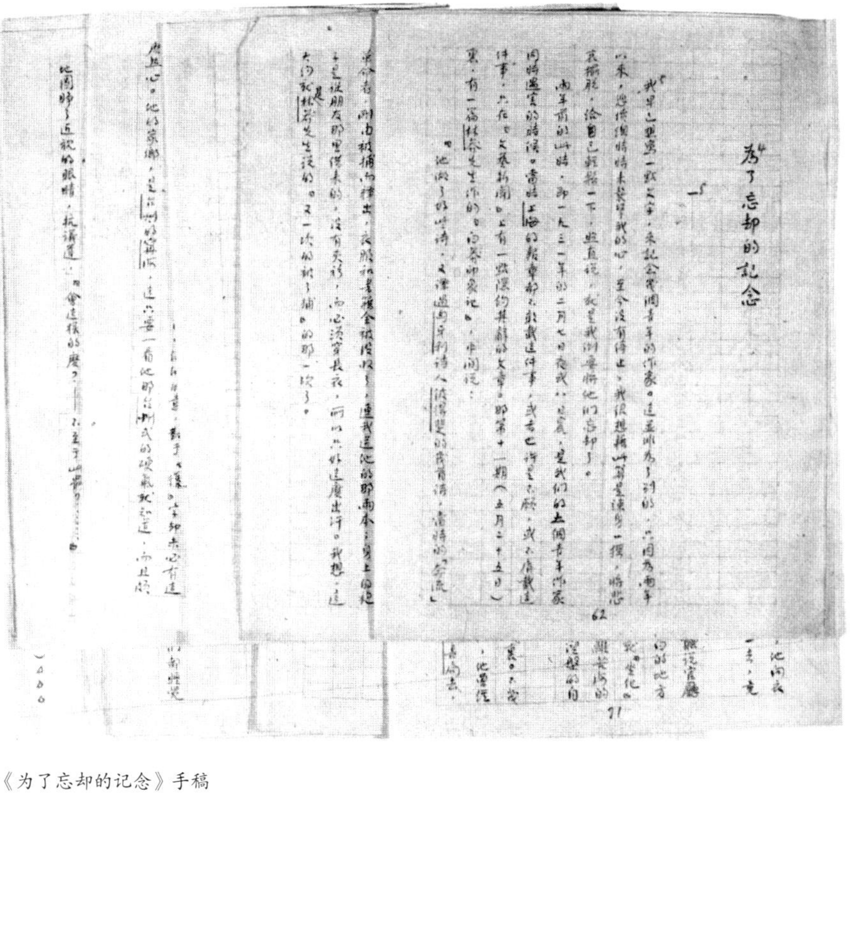

《为了忘却的记念》手稿

肥者，尤可愤叹。”又说：“时危人贱，任何人在何地皆可死。”1932年6月5日致台静农：“沪上实危地，杀机甚多，商业之种类又甚多，人头亦系货色之一，贩此为活者，实繁有徒，幸存者大抵偶然耳。”又说：“文禁如毛，缇骑遍地，则今昔不异，久见而惯。”同年11月7日致山本初枝：“政府及其鹰犬，把我们封锁起来，几与社会隔绝。”这就是鲁迅所身受的境遇。次年，1月21日致姚克：“我们这里也腐烂得真可以，依然是血的买卖，现在是常常有人不见了。”又有信给山本初枝说：“近来中国式的法西斯开始流行了。朋友中已有一人失踪，一人遭暗杀。此外，可能还有很多人要被暗杀，但不管怎么说，我还活着。只要我还活着，就要拿起笔，去回敬他们的手枪。”典型的堂吉诃德。就在这封信里，他还很自信地说：“这种白色恐怖也无用。总有一天会停止的。”又次年，他再致信山本初枝时，却依然报告同样的内容，而且大有加剧之概，说：“我有生以来，从未见过近来这样的黑暗，网密犬多，奖励人们去当恶人，真是无法忍受。非反抗不可。”政府的恐怖行为和鲁迅的反抗行动都在持续进行，犹如一场角斗，一场马拉松竞跑，然而这时，我们却听到了他对朋友悄声说的一句话：

“遗憾的是，我已年过五十。”

知识分子的内战

自1925年介入北师大事件的论战以来，尤其到了上海，“水战火战，日战夜战”，鲁迅已然失去了一个人的正常生活。除了间或到内山书店去，偶尔看看电影，大抵囚人一般困守在四川北路的一间寓所里。因为地处“半租界”，所以他把寓所戏称“且介亭”，是一种特殊的亭子间。至今兄弟反目，昔日的朋友如钱玄同、林语堂等多已分手，或者隔膜日深。青年朋友死的死，如柔石、瞿秋白；走的走，如冯雪峰之去苏区，萧红之去日本。余下的，只有萧军、胡风少数几个，聚会也极少。他与四围社会的联系，唯凭大量的书报和有限的通讯。孤独，疾病，死亡的预感，静寂中充满骚动。如果说他是一只沉潜的牡蛎，这譬喻是不确切的，因为没有壳，也没有清水。他是游鱼，自由是他的生命，可是现在已经落在干涸而灼热的河滩上了。

书桌面前放置一把圆椅，旁边是一把藤躺椅。从这里到那里，往来无所谓工作或休息，如是午后，如是黄昏，如是深夜。因为歉疚于给予爱人和孩子以太少的温存，当许广平临睡时，他每每赎罪似地在床沿陪坐几分钟；劳累的时候，则一起翻阅《芥子图画谱》之类，借图画以获取少许的怡悦。他多次使用《庄子》里的“相濡以沫”的寓言，一生所争的“自由的波浪”，最后竟然化作星点唾沫，这是可慰藉的呢，抑或可悲哀的呢？但是无论如何，身为战士，与家庭生活是多少显得不相容的。日常生活是平庸的，琐碎的，富于自然节奏的，还有趣味的调剂，更多地关系到肉体生命；而战士太看重精神，往往一个人过激情的日子。他是独异的，梦幻的，兴奋的，但是对待自己是严苛的，因而是枯燥乏味的，甚至是病态的。没有谁会在桌面上看到历史的变动和社会的震荡，战士则如此。

他会在小屋子里听到无量数人的哭泣，在皎好的月夜看到人肉筵宴，闪烁的刀叉和狞笑的脸，他所感受到的多是令人悲愤难耐的事情。家庭是人类个体的最初也是最后的一个安全而亲密的圈子，战士的内心生活，却与日常生活相分离而越出围栏之外。正如鲁迅描画的病中的生活，“外面的进行着的夜，无穷的远方，无数的人们，都和我有关”。与社会的互涉性，使战士的日常生活，在黯淡中焕发光彩，但也同时在喜剧的完整性方面变得残缺不全。“战士的日常生活，是并不全部可歌可泣的，然而又无不和可歌可泣之部相关联，这才是实际上的战士。”在这里，鲁迅使用了“可歌可泣”四字。其实，对社会而言是“可歌”的，对“家庭”而言是“可泣”的。真正的战士，很难从家庭生活中获得世俗意义的幸福，可以说，从献身于斗争的那一天起，他就注定要担当个人的不幸。布朗基曾经在信中这样告白说：“说到幸福，我只得面向过去，或者面向对我来说除了坟墓以外没有任何希望的将来。”在实际生活中的境遇，每个战士都是一样。

对于这种境遇，鲁迅是清楚的。他接连大病，差点要“翘辫子”，致使宋庆龄及众多友人多次动员他住院，或是出国疗养。然而，他清楚地知道：他已经永远离不开中国，离不开切切实实的斗争生活了。病后，他作文《“这也是生活”……》，文章从正面立论，强调的是战士生活的日常性、正常性，但也意含了其中的反常性，非生活性，那是永远无法弥补的缺陷。然而，悲哀也好，慰藉也好，他已经无从逃离这境遇。“这也是”，是一种不得已，但也是坚定的自我认同。

随着社会改革的进行，知识分子集团处在不断的分裂、变化和组合之中。总有一部分依附权势者，一部分为新生的阶级所吸引；一部分力图维护既存的秩序，另一部分则致力于秩序的瓦解。昔日生气勃勃的革命者，今天很可能成为暮气沉沉的守旧派；从前是革命政体的催生者，后来反而做了它的掘墓人。历史上这样的例子很不少，看起来有点不可思议，其实是势所必然，非人力所可遏止。

关于知识分子的内战，知识界往往有人视作“内耗”，于

鲁迅大病后摄于大陆新村公寓所门口。1936 年 3 月 23 日

是极力设法调和，甚至看得悲观起来。30年代文坛便如此。鲁迅写了一篇《“中国文坛的悲观”》，澄清某些混乱的看法，强调这内战的必然性和重要性。他认为，只要有一个“坛”，一个公共空间，便不免有斗争，甚而至于谩骂和诬陷。无论中外古今，文坛有些混乱是正常的，但是由于许多所谓文人和文章也一定灭亡，只有配存在者终于存在，所以文坛到底还是干净的，无须悲观的。他特别指出：“悲观的由来，是在置身事外不辨是非，而偏要关心于文坛，或者竟是自己坐在没落的营盘里。”在别的文章里，他同样说得十分明白：只要作者是身在人间，而又带些战斗性的话，那么，他在社会上一定有敌对。实际上，持续这敌对的斗争，只能使阵线变得更加明朗。在左联内部，有所谓“第三种人”的理论，自以为可以超脱于阶级或派别的斗争之外，乃至把当时的左翼理论家的一些必要的斗争，也全然视同军阀混战。对此，鲁迅是反对的。他说：“如果这就等于‘军阀’的内战，那么，左翼理论家就必须更加继续这内战，而将营垒分清，拔去了从背后射来的毒箭！”后来，在撰文回击张春桥对《八月的乡村》的批评时，也特别分清“我们”和“他们”的限界。在鲁迅那里，战斗的原则是不能违背的，他说：“如果在还有‘我们’和‘他们’的文坛上，一味自责以显其‘正确’或公平，那其实是在向‘他们’献媚或替‘他们’缴械。”在内战中，他的主要目标，永远是专制国家的代表者，因此内战也就成了对外斗争的合理的延长。

新文化运动在以《新青年》对《东方杂志》的斗争为标志而结束了对旧势力的斗争之后，内部的斗争接连兴起。《新青年》编辑部在编辑方针问题的论辩，以及后来《语丝》与《现代评论》就女师大问题为导火线的论战，都是新文化运动内部的分化和斗争，尤其是后者，牵涉面更大，双方纠缠的时间也最长。在这场论争中，鲁迅被说成是“‘语丝派’的首领”。的确，他是斗争最坚决，最猛烈，也是最韧的一个。他通过斗争，看清了留学欧美的所谓自由知识分子，是如何与权势者相勾结，扼杀中国的新生力量的。这是结怨的由来，是后来揭露和抨击新月派批评家的认识基础。在鲁迅看来，陈源与梁实秋、胡适之流没有本质的区别，前后两次斗争是彼此呼应的，都是鲁迅在挑战两个名号不同而实质一致的政府时所无法绕开的知识界中的遭遇战。由是，这也就成了后来的知识界加之于鲁迅身上的“褊狭”“不宽容”“缺乏民主度量”等洗不掉的恶名的最有力的依据。

语丝后来也起了变化，原先那种无所顾忌，排击旧物，催促新生，不愿意在有权者的刀下颂扬和取媚的态度没有坚持下去。同人发生分化，许多回到学术中去，做起了“国学家”一类人物；而周作人等，即便继续写作小品文，也都是在十字街头筑塔。30年代以后，鲁迅参加了有影响的文学社团左联；另外，也还加入过和组织过个别文学小团体，如文学社、译文社等。左联明显的政治化，党派化，除了个别脱离的分子，一

鲁迅在大陆新村公寓所二楼卧室兼工作室。1936 年 10 月 19 日

般来说，不会发生大面积的公开分化。但是，由于组织的铁板一块的压力，特别不容独异者的存在。1933年以后，在这些组织内部，事件接连发生，分裂和冲突随之而至。鲁迅使用“横站”一词，表明背腹受敌、两面作战的状况；同时用了“打岔”一词，形容来自同人一面的攻击。所谓“打岔”，意思是说转移斗争的大目标，放过了统治者及其叭儿；此外，也指缺乏严肃的批判和论战，一味的放暗箭，用手段，蓄意挑起事端，却又不负责任，极力设法回避问题的实质。这种情形，一直延至左联解散之后，以致鲁迅去世时，各种诬陷和打击也没

有停止。

1935年2月9日，鲁迅致信萧军和萧红时说："文界的腐败，和武界也并不两样，你如果较清楚上海以至北京的情形，就知道有一群蛆虫，在怎样挂着好看的招牌，在帮助权力者暗杀青年的心，使中国完结得无声无臭。"这里的所谓"蛆虫"是各式各样的，但是无例外的是：一，都有"拟态"；二，结果于权力者有利。这些蛆虫，不但在腐败的旧组织里面结党营私，而且已经混进了新的组织，暗暗地而又毫无忌惮地啮食健康的有为的机体。这是可怕的。

不是所有的分裂都是积极的，进步的，正如不是所有的斗争都是有益的和必需的一样。伟大的分裂一定有新质生成，在这里，斗争也便成了有原则的斗争，即是为了促进旧秩序的死亡和新事物的诞生。如若不然，为斗争而斗争，永远的"一分为二"，其实否认了新旧事物的差别。新旧交替是有条件的，把条件给拿掉或随意掉换，则常常表现为一种机会主义。表面上看来，"一分为二"是激进的，但是实际上，当它被当作绝对真理受到崇奉，人为地制造矛盾，通过不断地分裂和斗争以维持现有的平衡，其本质是保守主义的。

五四新文化运动无疑是一次伟大的分裂。中国现代知识分子在运动中告别衰朽的母体，即封建专制政体以及士阶级，而独立地登上中国的政治文化舞台。作为自治的、自为的阶级，他们高举科学民主的大旗，积极引进西方的进步观念，对于打破传统的封闭的政治文化思想体系，起着决定性的作用。所谓“西化”，物质和技术毕竟是次要的。那时，尼采和易卜生成了时代偶像，个人主义和无政府主义风靡整个中国。易卜生戏剧中的名言：“被群众孤立的人是世界上最有力量的人”，成了一代知识分子的座右铭，鲁迅、胡适等人都曾经一度称引过。他们宣扬个性解放，重估一切价值，思想所及之处，到处闪耀着批判的锋芒。然而，五四退潮以后，知识分子随着政治格局的变化而迅速地起了变化。结构松散的团队解散了，“团队精神”消弭了，取而代之的是个人或派系利益所互相吸附而成的小团体，有官方或其他党派背景的文化组织，极少数零散分子退隐到纯粹的学术圈子里去。独立的战士没有了，父与子、新与旧的斗争没有了，思想文化革命的战场随之冷落。鲁迅对五四的此番变化有过很好的总结，总的评价是“平安”得很。

然而旧物仍在，它们依托时代的新人而进入重建的秩序之中。知识分子不是依附官方就是纳入革命组织而群体发声，组织之外的个人则沉默无语。这时能够说，中国还存在着一个为伯林所说的“知识界”吗？这位英国人认为，英国和苏联都是没有知识界的。在他看来，所谓知识界是一种自觉的组织，它建立在启蒙思想的基础之上；若要发展启蒙思想，就必须反对它的敌人，也即强大的反动教会，压制真理与自由的极权主义国家。其中的每个分子都会感到自己是为人类解放的曙光而战的勇士，他们彼此之间，在思想与道德上有着一种深切的关联，因为遭受共同的迫害和抱持共同的立场，从而感知兄弟般的存在。除了批判反动、保守或貌似“中立”的学者，以及廷臣一类人物之外，知识分子在其内部，也会互相展开批判和斗争，但是，哪怕夹杂着意气之争，仍旧是富于理想的，有信念和有原则的，皈依真理的。如在法国，从启蒙思想家卢梭、伏尔泰、狄德罗之间的论争到萨特对阿隆和加缪的论争；在俄国，从“西方派”与“斯拉夫派”的论争到“路标派”与“反路标派”的论争，无不涉及历史发展的方向，或是重大的社会问题。从这些论争中，我们可以看到，这些知识分子都是独立发言的，虽然处在同一集团或学派之中，却并没有屈从于某一个预设的权威的意志，无论这权威是集体还是领袖个人。中国的问题恰恰相反。按照伯林为知识界给出的两项指标：道德与政治，中国的知识阶级在政治上已经学会了听令行动，政治对于他们仅仅是具体的政治意见，而不是植根于一种信仰，一种哲学，因此可以随时加以改写。至于道德，也是东方道德，不是奴隶性就是流氓性，既缺乏对人类命运的关怀，也缺乏对个人尊严的维护。而且，政治与道德往往脱节，就是说，最庄严的政治口号可能化为最卑污的道德实践。

鲁迅以为，通过斗争可以使许多是非观念得以澄清，可是中国没有知识界，只有自私、取巧、势利、阴谋、污浊和混乱，结果连他自己为斗争的对象所纠缠，为此耗费了不少心力。这是一个仍然为权力所控制的场，非个人所可左右。他只能一面反抗，一面从论战中抽绎出大的原则，使读者不至于沦为迷惑于缭乱的刀法的“看客”。他的不肯敷衍的严肃的态度，在论敌的一面是没有的，所谓知识分子的“内战”，实际上是不对等的，可以说只是他一个人在唱独角戏。从他晚年的几场遭遇战看来，整个知识界是空虚的，他找不到对手。早在对创造社论战时，他便说过，他很希望有一个狙击手有力地打击自己，结果没有遇到。1949年以后，从文艺整风到整肃胡风反革命和反右运动，所以风行草偃，完全的一边倒，就是因为知识分子独立精神的长期空缺，一言以蔽之，就是没有知识界。

在国民党“一党专政”之下，文化方面的最大的危险，在于：一、将专制政治理想化，永远的天下太平，莺歌燕舞；相对应的是，否定一切战斗的倾向。当时，曾经有过一股讥评杂文和杂文作家的小旋风，其实正是这一主流意识形态的一种反映。令人不解的是，在左联内部，也居然有了这样一种意见，还曾召开专门的会议讨论过。二、脱离现实，主张超脱，遗忘、复古主义、快乐主义，这是同前一种情况有联系的。大抵歌颂升平的文学都属御用文人所作，社会上有影响的作家，则以后一种情况居多。在中国，老庄哲学以及山林文学是有着久远的传统的。

与胡适那类“想做权势者”，直接替当局说话不同，周作人、林语堂等，则远离庙堂而入“人间世”，在豺狼当道的时候，积极提倡“小品”，闲适和幽默。对此，鲁迅写了好几组文章，一是关于帮忙与帮闲的，一是关于小品文的，还有关于讽刺和幽默的界定，等等。《帮闲法发隐》是一篇庖丁解牛式的直达本质的文章。其中说，帮闲与帮忙其实没有什么区别。“帮闲，在忙的时候就是帮忙，倘若主子忙于行凶作恶，那自然也就是帮凶。但他的帮法，是在血案中而没有血迹，也没有血腥气的。”这里说的帮闲者，都是说笑话的好手，且常常以丑角的身份出现，打诨，装鬼脸，使告警者在大家的眼里也化为丑角，警告也就在大家的耳边化为笑话。在周围捣着鬼，反使告警者变得虚伪，使严肃的说法减少力量，这样，不利于凶手的事情就在这疑心和笑声中完结了。鲁迅既把中国看成“吃人”的世界，那么，从这一原典的意义来说，他一生的战斗，都是在追捕“凶手”。

关于幽默，他指出，在中国，皇帝不肯笑，奴隶不准笑，因此幽默是不会有的。中国人不是长于“幽默”的人民，况且，现在也不是那种幽默的时候。实际上，悲愤者和劳作者是时时需要有休息和高兴的，古埃及的奴隶们，有时也会冷然一笑。“这是蔑视一切的笑。”他说，“不懂得这笑的意义者，只有主子和自安于奴才生活，而劳作较少，并且失了悲愤的奴才。”奴隶的笑同奴才的“玩玩笑笑，寻开心”大不相同，“将屠户的凶残，使大家化为一笑，收场大吉”，这是奴才的本分，也是奴才的本领。鲁迅对幽默和讽刺做了严格的区分，正如对奴才和奴隶的区分一样。他强调说，讽刺是真实的，富于改造热情的。但因为如此，社会讽刺家是危险的，尤其是在有些“文学家”明明暗暗的已经成了“王之爪牙”的时代。30年代，小品文盛行，但是，在鲁迅看来，繁荣正是危机的表现。因为其中很少有讽刺的杂感，却多的是“小摆设”，“靠着低诉或微吟，将粗犷的人心，磨得渐渐的平滑”。这类麻醉性的东西一旦多起来绝不是好事情，那是会与麻醉者和被麻醉者同归于尽的。然而，生机何在呢？他以为是仍然在于战斗的。在《小品文的危机》一文中，他这样说：“生存的小品文，必须是匕首，是投枪，能和读者一同杀出一条生存的血路的东西。”

如果说鲁迅对周作人们的批判是一种现象批判，而非个人之间的批判，是“冷战”，那么他对复古主义的批判，则有了一场针锋相对的缠斗了。

1933年10月，鲁迅以丰之余的笔名，在《自由谈》发表《感旧》一文，对光绪末年的所谓“新党”那种学洋文，看洋书，目的是要给中国图“富强”的表现，由衷地致以赞美之辞。对照有些新青年，境遇正和“老新党”相反，但是，学篆字，填词，劝告人看《庄子》《文选》，写方块新诗，新的企图却是要以“古雅”立足于天地之间，不觉感慨起来，说：

"旧瓶可以装新酒，新瓶也可以装旧酒"，"证实了新式青年的躯壳里，大可以埋伏下'桐城谬种'或'选学妖孽'的喽罗"。原来施蛰存曾经发表文章，向青年推荐《庄子》和《文选》，以为文学修养之助，见到鲁迅的文章之后，立即作文反击，还辩护说只要酒是酿造出来的，酒瓶的新旧没有关系。

这里存在着一个如何看待新文化传统的问题。鲁迅认为，施蛰存在这里所代表的是一大队遗少的风气，如果不加批判，不但不可能从新的道路上去企图发展，打出新的局面，连五四时候争取得的成绩也要丧失掉。他接连写了《"感旧"以后》上下篇、《扑空》、《答"兼示"》、《反刍》、《归厚》、《难得糊涂》、《古书中寻活字汇》等数篇文章，揭示改革中常见的反复，其实也即倒退的现象。

在论辩中，鲁迅特别说到施蛰存推荐的《颜氏家训》，从中引出一个极有意味的结论。其《教子篇》说，齐朝有一士大夫，自述有一个儿子，在儒教方面有相当基础，又教他学鲜卑语，弹琵琶，以汉胡两方面的修养服侍公卿，无不受到宠爱。鲁迅把这种机会主义的处世方法称作"北朝式道德"，认为是庚子以后官商士绅的办法，也是现在一部分的人们的办法。他同时指出，这种失去原则立场的道德原则，已经成为中国社会的一个严重的问题，有着荡涤的必要。文章还前后几次提到五四，其中一篇举出当年的新文化战士刘半农的例子，说他当了北京大学招考的阅卷官，一次从国文卷子上发现了一个错字，就来做打油诗，挖苦那些刚毕业的中学生，但是在五四时候，提倡白话的人们中间，写错几个字是不以为奇的。白话运动是胜利了，有些战士还因此爬了上去，但也因为爬了上去，就不但不再为白话战斗，并且将它踏在脚下，拿出古字来嘲笑后进的青年了。作为一种历史现象，他说，其实这是“反刍”。

所谓《文选》《庄子》之争，本质上是新文化新思想与旧文化旧思想之争，是五四斗争的一个继续。直到1935年，施蛰存还写了《“不得不读”的〈庄子〉与〈颜氏家训〉》为复古主义辩护。此外，还写了《服尔泰》《“杂文的艺术价值”》等文，向鲁迅放了一通暗箭。鲁迅并没有正面回应，他知道，作为一种社会思潮的代表，不是几篇文章或是一场论辩可以解决问题的。在给青年朋友姚克的信中，他有一段总结的话说：“我和施蛰存的笔墨官司，真是无聊得很，这种辩论，五四运动早已闹过的了，而现在又来这一套，非倒退而何。”

在论争中，施蛰存过于纠缠于枝节，而放弃根本性问题的探讨，因为这种态度，鲁迅称为“洋场恶少”。后来，他得悉施蛰存也当了“检查官”，在官方组织的书报检查的会议上有“献策”之举，这样也就更为憎恶；在私人通信里，干脆称为“卑怯的叭儿”。

鲁迅在结束同创造社以及梁实秋的论战，加入左联以后，曾经有限度地介入一些集体性的讨论和论争，如对“第三种人”“旧形式的采用”“大众语”等问题。介入或不介入，以及介入的程度，在他那里是经过严格的选择的。比如，他放过胡秋原的“自由人”理论，而抨击苏汶的“第三种人”理论，这态度便很微妙；在左翼批评家看来很一致的理论在他那里却有了区别。又比如，由陶希圣等十教授发表《一十宣言》引起的关于中国本位文化的广泛讨论，他却认为“以不大十分研究为是”。其实，文化界许多重大的论争，他都不感兴趣。大约在他看来，这些所谓论争是有党派背景的，宗旨在于“宣传和做戏”，而并不在理论本身的探讨。他执着于由自己选定的斗争。除了直接反抗国民党政府的政治文化专制主义，抨击受到官方保护的学者和文人之外，他倾全力于中国传统思想文化的批判和清理工作。然而，正当他专注地在壕堑里作着战斗的时候，却遭到了同一营垒内部的袭击。这种近于“内奸”的行为，是最令他愤怒而且痛苦的。过去，对立的是个人与社会，虽然有左翼和右翼，都是迎面而来的势力，不像现在加入了“组织”，而竟有了内外之分。他开始尝到自己种的苦果子了。

杨邨人之类构不成什么问题，因为究竟以叛卖的行径先行告白了自己。1932年底，当鲁迅从北平省亲回来之后，文界便盛传他将出版一本名为《北平五讲与上海三嘘》的书，所谓“五讲”，是指在北平期间做的五次讲演；“三嘘”所嘘者，即是杨邨人、梁实秋、张若谷。杨邨人自1933年初公开声明脱离共产党和左联之后，发表过《给鲁迅的公开信》，鲁迅亦仅一篇公开的答信也就算完，真所谓“一嘘了之”。在此前后，他接连遭受到别样的攻击，诬陷和歪曲，然而种种，竟都来自所谓“同人”。一是文学社的傅东华，二在左联方面则有廖沫沙和田汉。他们对鲁迅发动的袭击，可以说属于同一性质，鲁迅的回击并不太费力，而且那结局，都是以他的胜利告终的，然而，事情对他内心的伤害，却是非常深重。

1933年2月，英国戏剧家萧伯纳来沪，鲁迅应邀参与了接待。为此，《文学》杂志第二号发表主编傅东华化名伍实的文章：《休士在中国》。其中写道：“美国黑人作家兰斯吞休士（Langston Hughes）于七月初经由苏俄到中国，比之不久以前萧翁来华的声势，真所谓‘不可同日语’；不但码头上没有士女们的欢迎，就是日报上也不见他的名字。这里面的道理自然很简单：萧翁是名流，自配我们的名流招待，且唯其是名流招待名流，这才使鲁迅先生和梅兰芳博士有千载一时的机会得聚首于一堂。休士呢，不但不是我们名流心目中的那种名流，且还加上一层肤色上的顾忌！”在这里，鲁迅成了“名流”，而且同其他中国名流一样，有种族歧视的倾向！对于这种人格上和思想上的侮辱，鲁迅气愤不过，立即给文学社写了一封信，并要求公开发表。信很短，但是严厉而坚决。“我看伍实先生其实是化名，他一定也是名流，就是招待休士，非名流也未必能够入座。不过他如果和上海的所谓文坛上的那些狐鼠有别，则当施行人身攻击之际，似乎应该略负一点责任，宣布出和他本身相关联的姓名，给我看看真实的嘴脸。”在鲁迅的要求下，《文学》第三号同期刊出鲁迅、伍实的来函，以及编委会的复函。在编委会的复函中公开了傅东华的名字，傅东华在信中也作了解释，希望取得谅解。

鲁迅进一步的行动是退出文学社。后来提到此事时，他说是：“宁可与敌人明打，不欲受同人暗算也。”

廖沫沙的名字为中国读者所熟悉，归因于“文化大革命”。在运动开始时，他的杂文同另外两位作者合并为“三家村”，被列入“黑线”行列而最早遭到整肃。这位以杂文见称的官员作家，30年代恰好是反对杂文的。他化名林默，写了一篇题作《论“花边文学”》的文章，就发表在攻击鲁迅最烈的《大晚报》上面。文章说，在副刊上出现四周围着花边的“杂感”，是“颇尽了八股的能事的”，“虽然不痛不痒，却往往渗有毒汁，散布了妖言”。他称这些杂文为“花边体”或“花边文学”，说是“走入鸟道以后的小品文变种”。列举的唯一的一篇“‘花边文学’的杰作”，就是鲁迅的《倒提》。杂文从外国人倒提鸡鸭一事说起，对一些华人为洋人优待动物而虐待华人，竟至于不如租界的鸡鸭而大鸣不平，鲁迅表示了不同的意见。他说，我们无须希望外国人待我们比鸡鸭优，即使顺提，也何补于归根结蒂的运命。通过对奴性心态和恩赐观点的批判，他特别指出，命运不是不可以改变的：

> 人能组织，能反抗，能为奴，也能为主，不肯努力，固然可以永沦为舆台，自由解放，便能够获得彼此的平等，即运命是并不一定终于送进厨房，做成大菜的。

这里关涉到人权与主权的观点是明确的。然而，文章在廖沫沙那里遭到了严重的曲解，说是；第一，西洋人并未把华人放在鸡鸭之下，自叹不如鸡鸭的人是误解了西洋人。第二，受了西洋人的这种优待，不应该再鸣不平。第三，说明西洋人为尊重华人起见，这虐待倒不可少，而且大可进一步。第四，从“古典”来证明这不平是华人没有出息。于是，文章下结论说，《倒提》代西洋人辩护说教，作者当然是“买办”了！“花边文学家的嘴和笔怎能朦混过去呢？”廖沫沙接着预言道：“花边体”的文章，相去不远就将有人来唾弃他的，“花边文学”不论形式或内容，将有流传不下去的一天。

鲁迅没有直接答复，两周后在写作《玩笑只当它玩笑》时，署名“康伯度”，即英语“买办”，作为一种回敬。文章本意在表明关于中国语法里要加些欧化的主张，不料又引出一个叫“文公直”的公开信，给他加上出卖民族，“为西人侵略张目的急先锋（汉奸）”的罪名。在编这一年的杂文集时，鲁迅移用廖沫沙所赠的恶谥，就命名为《花边文学》。在序言

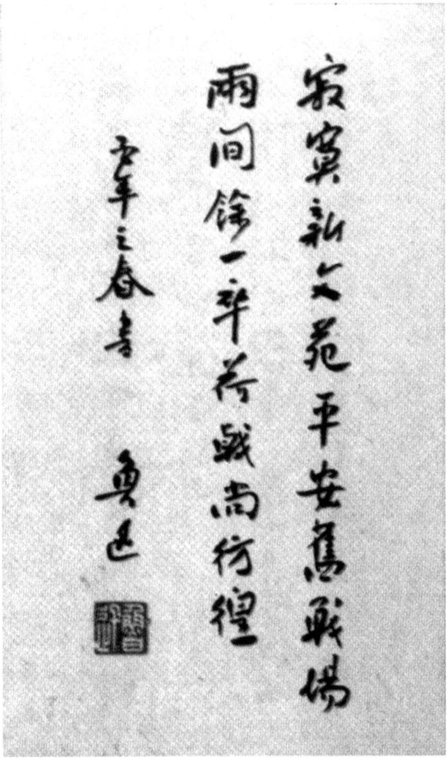

鲁迅赠送日本友人山县初男《彷徨》时所题。1934年编入《集外集》时，“尚彷徨”改为“独彷徨”。

中，他把“林默”和“文公直”两位举为众多笔伐的代表，一例称之为“鬼鬼祟祟，躲躲闪闪的攻击”。

在讨论“大众语”问题时，鲁迅写信给曹聚仁，谴责那些“借大众语以打击白话”的“狗才”论者。信中说：“上海有些这样的‘革命’的青年，由此显示其‘革命’，而一方面又可以取悦于某方。这并不是我的神经过敏，‘如鱼饮水，冷暖自知’，一箭之来，我是明白来意的。”曹聚仁未经鲁迅同意，把信转发到《社会日报》上。于是，又引出了一篇署名绍伯的文章：《调和》。

文章说，近几年来，青年们追随思想界的领袖们做了许多努力，有的还付出了生命的代价。倘使生命牺牲了而真理昭然于天下，这死是值得的，就是不可以打浑了水，把人家弄得不明不白。于是，列举了《社会日报》同期上的两篇文章，一篇是鲁迅的关于大众语的答信，一篇是杨邨人的《赤区归来记》。文中把两篇文章硬拉到一起，说鲁迅在替杨邨人打开场锣鼓，还说：“这恐怕也表示中国民族善于调和吧，但是太调和了，使人疑心思想上的争斗也渐渐没有原则了。变成‘戟门坝上的儿戏’了。照这样的阵容看，有些人真死的不明不白。”

原来绍伯即田汉，文章也跟廖沫沙的一样发表在《大晚报》上。廖沫沙以“买办意识”攻击他，田汉则诋以“调和论”，都是从根本上否定他作为一个战斗者的存在。大约他猜想他们原是“一伙”，所以同样不作回答，只是到了年底，才在答复《戏》周刊编者的信中顺便带及，说：“如果我被绍伯先生的判决所震慑，这回是应该不敢再写什么的，但我想，也不必如此。只是在这里要顺便声明：我并无此种权力，可以禁止别人将我的信件在刊物上发表，而且另外还有谁的文章，更无从豫先知道，所以对于同一刊物上的任何作者，都没有表示调和与否的意思；但倘有同一营垒中人，化了装从背后给我一刀，则我的对于他的憎恶和鄙视，是在明显的敌人之上的……”鲁迅始终认为，这并非只是个人的事情。

在文章或通信中，鲁迅都曾多次把绍伯和林默的名字挂在一起。他写信给杨霁云说：“叭儿之类，是不足惧的，最可怕的确是口是心非的所谓‘战友’，因为防不胜防。例如绍伯之流，我至今还不明白他是什么意思。为了防后方，我就得横站，不能正对敌人，而且瞻前顾后，格外费力。”又说：“我有时确也愤慨，觉得枉费许多气力，用在正经事上，成绩可以好得多。”在给曹靖华的信中，叙述两人的攻击则更详尽，结尾说：“从去年下半年来，我总觉有几个人倒和‘第三种人’一气，恶意的在拿我做玩具。”几次笔伐其实都与理论之类无关，完全是修身方面的打击，从“暗地里中伤”。为了捍卫个人的尊严，鲁迅确也适时地作出反击，一反击，对手也就沉下去了；然而，对于同人的伤害，却长久不能释怀。有一次，他还曾在信中向徐懋庸吐露过这种心情，但过不了多久，连徐懋庸也和他们串通一气，以致终于有一天，雄赳赳打上门来也。

文坛的鬼魅好像全部聚集到了他的周围。以一个人对一个组织，一个群体，他有足够的祛魅的力量吗？

对鲁迅个人来说，还有一个意义比较特殊的事件，即《译文》事件。其实，这也是由“同人”制造出来的。至少，郑振铎和茅盾是老熟人，又都在文学社和左联里面。说是特殊，则不但是人事方面的纠葛，而且与“资本”这东西有关。

1934年夏天，在上海市党部的压力下，黎烈文被挤出了《自由谈》。这是一位翻译的好手，为了使黎烈文不致因此在生活和事业两个方面造成损失，鲁迅特地约请他和茅盾一起，商议成立译文社，编辑《译文》月刊。后来还请来文学社的编辑黄源，让他一面做编辑，一面同生活书店联系出版，帮助做些事务性的工作。

生活书店是由邹韬奋开办的，掌握业务实权的是胡愈之。从书店给出的条件来看，显然是同经济有关的：杂志先试办三期，稿费编辑费一概不拟开支，如销数能超出几千的限额再订合同补算。此外，稿费的算法也很苛刻。但是，鲁迅答应了。关于办《译文》月刊，鲁迅在给翻译家孟十还的信中说：“希望由此引出几个我们所不知道的新的译者来——其实志愿也小得很。”对于生活书店的商人脑子，他从一开始就有清醒的认识，但因此，合作的基础也就非常的脆弱。“上海也有原是作家出身的老板，但是比纯粹商人更刻薄，更凶。”他在同一封信上说：“办一个小杂志，就这么麻烦，我不会忍耐，幸而茅先生还能够和他们‘折冲尊俎’，所以至今还没有闹开。”可是，等到一年合同期满时，事情很快便闹开，而且彻底闹翻了。

在编辑《译文》的基础上，译文社又拟创办《译文丛书》，经由黄源同生活书店洽谈后，即开始工作。此时，郑振铎从北京来沪，筹办《世界文库》，并决定由生活书店出版发行。鲁迅是支持的，还应约亲译了《死魂灵》。但是，自从邹韬奋返国后，情况便起了变化。生活书店通知说因为已经有了《世界文库》，所以不再准备出版《译文丛书》。为此，译文社只好将丛书移交给吴朗西、巴金开设的文化生活出版社出版。

大约生活书店对译文社的转移行动很不满，于是决定撤除黄源的《译文》编辑职务。鲁迅不同意，坚持一种态度：生活书店如果要继续出版《译文》，得与黄源订合同，由黄源签字。

这是鲁迅为保护“小人物”而作的斗争，为捍卫个人尊严的斗争，也是决心对抗由资本构成的霸权势力，而致力于开拓翻译事业的斗争。关于这次事件的实质，以及他前后所取的态度，在1935年10月4日致萧军的信中作过很好的表述：

对于《译文》停刊事，你好像很被激动，我倒不大如此，平生这样的事情遇见的多，麻木了，何况这还是小事情。但是，要战斗下去吗？当然，要战斗下去！无论它对面是什么。

…………

至于我的先前受人愚弄呢，那自然；但也不是第一次了，不过在他们还未露出原形，他们做事好像还于中国有益的时候，我是出力的。这是我历来做事的主意，根柢即在总账问题。即使第一次受骗了，第二次也有被骗的可能，我还是做，因为被人偷过一次，也不能疑心世界上全是偷儿，只好仍旧打杂。但自然，得了真赃实据之后，又是一回事了。

那天晚上，他们开了一个会，也来找我，是对付黄先生的，这时我才看出了资本家及其帮闲们的原形，那专横，卑劣和小气，竟大出于我的意料之外，我自己想，虽然许多人都说我多疑，冷酷，然而我的推测人，实在太倾向于好的方面了，他们自己表现出来时，还要坏得远。

…………

我们都好的，我比较的太少闲工夫，因此就有时发牢骚，至于生活书店事件，那倒没有什么，他们是不足道的，我们只要干自己的就好。

信中的“资本家”，指的是邹韬奋。同信还说到《译文》

《死魂灵》。俄国果戈理著，鲁迅译。1935 年 11 月上海文化生活出版社出版，“译文丛书”之一。

《十月》。苏联作家雅各武莱夫著，鲁迅译。“现代文艺丛刊”之一。

《毁灭》。苏联作家法捷耶夫著，
鲁迅译。

《小约翰》。荷兰作家望·蔼覃著，
童话集，鲁迅译。

停刊后，社会上传播的此事出于译文社要求加钱不遂这样“有益于书店的流言”，所以不予置评，乃是同样取“由它去罢”的轻蔑态度。给曹靖华的信则说：“生活书店貌作左倾，一面压迫我辈，故我退开。”在这里，他使用了“压迫”的字眼。政治家出于政治需要，对于阶级阵线有特别的划分；而鲁迅出于实际斗争的体验，也有适合于他的阶级论。至于资本家的“帮闲”，当是指胡愈之、郑振铎、傅东华，甚至包括茅盾。胡愈之是“局内人”不说，关于郑振铎从中所起的作用，鲁迅在两封信里说过“有下石之嫌疑”和“颇有人疑他从中作怪”的话，至于傅东华，貌似旁观者，实际上是参与其事的。茅盾与郑振铎私交甚笃，在与生活书店往来中，一直扮演似乎骑墙的角色。但是，作为译文社中人，在关键时刻并没有明确的表态。鲁迅后来在信中说到茅盾和郑振铎时，曾说到“往日之给我的伤”，就是指的《译文》事件。事情简直戏剧性到了极点，这几个人在鲁迅同周扬的斗争公开化以后，都同周扬搅到一起了。

这种挫折，好像鲁迅并不太在意，在一封信里还说是“小事”，大约正如他所说，是因为经验过了的缘故。然而，《译文》杂志一直是他所萦怀的，经过种种努力，半年之后，《译文》终于复刊。

周扬成了鲁迅一生中最后也是最大的对立面。周扬参加左联很晚，先在剧联，但很快就进入了领导层，1933年起任左联的党团书记。左联及相继成立的社联、剧联组成中国左翼文化总同盟，简称文总。左联和文总的党团也即党组，直接接受文委的领导。实际上，文总和文委的党团成员是一套人马，两块牌子。再后来，成立“临委”的也还是这批人。这种一元化的组织形式，跟苏联的“优阿普”和“拉普”差不多，即使机构臃肿，最高领导人仍然可以控制一切。周扬是一位颇有手腕的人物，他充分利用了这种组织化的有效性，在极短的时间内，把左联甚至整个文委都变得清一色，一批青年知识者忠诚地围绕在他的周围，随时为他所用。胡风原来是左联的宣传部部长，与周扬的关系不错，但是后来，周扬发现他在工作中经常闹“独立性”，当然是不能容许的。由于穆木天被捕获释后报告说胡风是“内奸”，加上文委领导林伯修、田汉，以及郑振铎、茅盾等人的作用，周扬便趁势让亲信任白戈代替了胡风的位置。1935年阳翰笙被捕后，周扬接任文委书记，左联党团书记一职也便很顺当地由任白戈继任。至此，周扬大权在握，完全可以左右整个上海的左翼文化运动了。

鲁迅原先是左联执委之一，但很快就辞掉了，主动退回到“无权者”的位置。作为一个作家，写作才是分内的事情。这个观念在他那里是十分明确的。加入左联以后，特别在柔石们被害之后，他对所谓“进步青年”已经存有戒心，不愿有新的交往。萧军、萧红等，是极少数的例外。即使对于他们，也都劝告说不要陷入内部的无聊的纠纷里，坚持留在外围，所以对于试图扼杀外围作家的批评，他会特别愤怒，以为倘削弱了外围的力量，那成绩真可以什么也没有的。冯雪峰和胡风在左联时，偶有一些工作方面的联络，但也决非一些论客描述的那样，一副"盟主"模样，得早请示晚汇报一般的。据有关回忆，田汉曾经明确指示任白戈说，鲁迅说不想管左联的事，以后有事情不必找鲁迅，可直接找他。这样，鲁迅与左联的关系，实际上处于一种悬空状态。胡风任宣传部长时，出版过一个相当于机关志的内部刊物《文学生活》，也曾给鲁迅寄过，后来便中断了。鲁迅几次在信中提及此事，还说周扬们出过一期的，将左联过去的工作批评得一文不值，但又秘密起来，不寄给他看，也不寄给别的一些人看。他对此的总结是："到处是用手段。"对于左联，他是关心的，努力做他认为应当做的工作。1933年10月28日致胡今虚信说："先生所揣测的过高。领导决不敢，呐喊助威，则从不辞让。今后也还如此。可以干的，总要干下去。"然而，无论怎样拼命地干，周扬之流还是不满意，背后说他"懒""不做事""不写文章"等等，后来甚至散布一种空气，说他"破坏统一战线"，这就不能不让他感到失望、焦烦，常常有"独战"的悲哀。

鲁迅对周扬的批评，始于周扬主编《文学月报》时期。杂志第一卷第四期发表署名"芸生"的一首诗《汉奸的供状》，诗是模仿苏联诗人别德内依攻击托洛茨基的《没有功夫唾骂》

的诗写的，唾骂的是“自由人”胡秋原，诗中除了“丢那妈”一类辱骂，还加了不少恐吓的话，如“切西瓜”——斫脑袋之类。鲁迅认为，这种颇类当年创造社的“革命文学”一样的流氓式文字，确有批评的必要，于是写了一篇题作《辱骂和恐吓决不是战斗》的文章，但用个人名义，以致编辑部公开信的形式在原杂志发表。

文章说：

> 无产者的革命，乃是为了自己的解放和消灭阶级，并非因为要杀人，即使是正面的敌人，倘不死于战场，就有大众的裁判，决不是一个诗人所能提笔判定生死的……
>
> 自然，中国历来的文坛上，常见的是诬陷，造谣，恐吓，辱骂，翻一翻大部的历史，就往往可以遇见这样的文章，直到现在，还在应用，而且更加厉害。但我想，这一份遗产，还是都让给叭儿狗文艺家去承受罢，我们的作者倘不竭力的抛弃了它，是会和他们成为“一丘之貉”的。

可是，这意见不但不被接受，反而是变本加厉的“辱骂和恐吓”。

鲁迅对周扬的怀疑和不满，在1934年底就已经在私人通信中表现出来了。他对萧军、萧红说：“敌人是不足惧的，最可怕的是自己营垒里的蛀虫，许多事都败在他们手里。因此，就有时会使我感到寂寞。”次年，又写信给二人说：“敌人不足惧，最令人寒心而且灰心的，是友军中的从背后来的暗箭；受伤之后，同一营垒中的快意的笑脸。因此，倘受了伤，就得躲入深林，自己舐干，扎好，给谁也不知道。我以为这境遇，是可怕的。我倒没有什么灰心，大抵休息一会，就仍然站起来，然而好像终竟也有影响，不但显于文章上，连自己也觉得近来还是‘冷’的时候多了。”稍后，致信胡风说：“我不敢对别人说关于我们的话，对于外国人，我避而不谈，不得已时，就撒谎。你看这是怎样的苦境？”整个1935年，信件中不断重复出现“悲愤”“寂寞”的语词，但是他的杂感依然锋利如昔。由此，一方面可以知道周扬势力的迅速膨胀，另一方面可以看出鲁迅的敏感，承受的压力和隐忍的心情。但是，到了1936年，尤其下半年以后，情况好像有了变化。以上的字眼不见了，多出了憎恶和轻蔑之意，而且出现了“反击”的字样，特别在左联解散前后。此时，悲愤的高潮过去了，精神的负担随着左联的解散而消失，他无须再为一个反政府的集团的存在而有所顾虑，也无须为个人的反抗行为担受道义的谴责。内部又变做了外部，内外的限界消除了，“战友”已不复存在。他的反击是公开的，鲜明有力的，充满了奴隶的义愤；虽然留有余地，却也是不留情面的清算。

毕竟是久经沙场的老战士。

左联原来是一个文学社团，后来却渐渐演变成一个政治团体，内部有着严整的权力结构，充分体现着权力运作的规律。对国民党政府来说，左联无疑是异端的存在；但是在左联内部，同样不容异类的存在，可以说是大一统中的小一统。在鲁迅的描述中，左联党团书记周扬是一个热衷于争夺权力和滥用权力的人物。他利用手中的权力，极力设法建立个人权威。鲁迅说他“以指导者自居”，而鲁迅本人明显是厌恶“指导”的，如称“导师”为“鸟导师”，讽刺创造派人物“第一是自己活着，能永远做指导，因为没有指导，革命便不成功了”。周扬一流都是批评家，喜欢议论，在鲁迅看来，“但大抵是唱高调”。鲁迅认为，“唱高调就是官僚主义”。由于致力于权力的营造，所以会有“丢开了当面的紧要的敌人，却专一要讨论枪的亮不亮”这样近于“打岔”的行为。鲁迅指出，像这样的人是志在统一文坛，做“文坛皇帝”的。在左联内部，作为领导，自己不做事，却专责以别人不做事，役使别人，监督别人的行为；对于不听指挥者，则动辄加以罪名，以致以“实际解决”相威胁。专断、横暴，完全是一种奴役的形式。仅在1935年一年间，鲁迅在书信中便不断出现“鞭子”的意象，称周扬一伙为“英雄”“工头”“奴隶总管”“元帅”，而自称为“苦工”和“奴隶”。这是建立在“同志”之上的一种新型的阶级关系，但一样是压迫和被压迫的关系。周扬们显然是高踞众人之上的“以鸣鞭为唯一的业绩”的压迫者——鲁迅称作“横暴者”，特殊的集团和个人。权力可以超越党派的具体原则而表现出一种普遍的特性，对此，鲁迅显然在精神上准备不足。革命成功以后，倘使实行阶级的专政，到底是怎样一种的情形？他虽然以个人的推断说过几次，还举过苏俄知识分子的例子；但是，政治实践毕竟要比推断切实得多。所以，周扬们的日渐强大的势力和制造出来的政治生活，不能不给他感受特别的困扰、憎恶和苦痛。他说："我憎恶那些拿了鞭子，专门鞭扑别人的人们。"他说："以我自己而论，总觉得缚了一条铁索，有一个工头在背后用鞭子打我，无论我怎样起劲的做，也是打，而我回头去问自己的错处时，他却拱手客气的说，我做得好极了，他和我感情好极了，今天天气哈哈哈。……真常常令我手足无措。"他说："有些手执皮鞭，乱打苦工的背脊，自以为在革命的大人物，我深恶之，他其（实）是取了工头的立场而已。"左联仿佛成了周扬们的私产，要怎样处置就怎样处置；它的解散，更清楚地表明了在左联内部，每个成员是毫无个人意志可言的。

共产国际第七次代表大会之后，国际革命作家联盟的左联代表萧三写信回国，指示在组织上取消左联，建立文艺界的"统一战线"。信是由鲁迅转交左联的。其实，此前周扬们已基本上作出了解散左联的计划，萧三的来信，只是加促了计划的完成而已。左联名存而实亡，这是鲁迅目睹的一个事实，而且左联的领导人一直给他个人以压迫，此刻大可以趁机摆脱，然而，他的态度很特别，就是不赞成解散。左联是曾经战斗过来的，因为它的存在，盟员们献出了他们的鲜血和生命。现在要解散，要同“新月派”“第三种人”联合到一起，要一切通过“国防”，这是他所不愿意的。解散左联，意味着他要抹杀血的记忆，放弃先前的战斗的原则。另外，由左联的外部或上面决定它的存废，而不是由盟员自己决定自己的组织的命运，这是他所不能认同的，因此，当周扬、胡乔木通过茅盾和徐懋庸找他时，他一再退让，却仍然表示说，左联是大家的，既然大家主张解散，那么解散时一定要发表一个有关的声明，不然就只能算是溃散。结果，周扬们还是自行其是，没有发表声明。正值日本《改造》杂志社社长山本实彦来华，向鲁迅问及此事，鲁迅回答说：“我本来也是左联的一员，但是这个团体的下落，我现在也不知道了。”他复信何家槐说：“我曾经加入过集团，虽然现在竟不知道这集团是否还在，也不能看见最末的《文学生活》……”徐懋庸自觉与鲁迅联络过，说不知道左联的下落不是事实，便给鲁迅写了一封信。鲁迅的复信是：

> ……集团要解散，我是听到了的，此后即无下文，亦无通知，似乎守着秘密。这也有必要。但这是同人所决定，还是别人参加了意见呢，倘是前者，是解散，若是后者，那是溃散。这并不很小的关系，我确是一无所闻。
>
> …………
>
> ……我希望这已是我最后的一封信，旧公事全都从此结束了。

这是一封绝交信，是鲁迅对周扬们所做的最后决裂的表示。至此，左联的活动，以及他与左联的关系都由彼此先后画上了句号。

周扬给鲁迅的印象，除了专权，再就是“用手段”“靠计策”“玩花样”，是一个策略家。放冷箭、散布流言，固然是手段，事实上，连组织本身也成了集权的手段，而且是最有力的手段。鲁迅在信里说：“这爱放冷箭的病根，是在他们误以为做成一个作家，专靠计策，不靠作品的。所以一有一件大事，就想借此连络谁，打倒谁，把自己抬上去。”又说：“这里的有一种文学家，其实就是天津之所谓青皮，他们就专用造谣，恫吓，播弄手段张网，以罗致不知底细的文学青年，给自己造地位；作品呢，却并没有。真是惟以嗡嗡营营为能事。如徐懋庸，他横暴到忘其所以，竟用‘实际解决’来恐吓我了，则对于别的青年，可想而知。他们自有一伙，狼狈为奸，把持着文学界，弄得乌烟瘴气。”又说：“现在元帅和‘忏悔者’们的联络加紧（所以他们的话，在我们里面有大作用），进攻的阵线正在展开，真不知何时才见晴朗。”这里说的“联络”“张网”“自有一伙”“阵线”等等，都说的是组织和组织的作用。组织是一种集体政治资源，也是一种文化资源，但是，这种资源并非每一个人都有可能加以利用。波尔斯比曾经拿银行家和流浪汉相比较，是颇有意思的。他说，这样两种不同身份的人，在他们同时参与社区决策的情况下，理论上同样可能作为谋求权力的候选人，但是银行家领导的庞大组织在社区中很突出，更不必说对于他的商业经济生活的重要性，而流浪汉则极少有社会联系，所以是孤立无援的。鲁迅是流浪人，他“无所属”，但他对于权力者及其集团内部的等级、层次及运作情况是了解的。在左联，他清楚地知道，徐懋庸不过是周扬布局中的一个卒子而已。周扬是元帅，军中有许多人，鲁迅在信中说的“大批”“群仙”等等，都说的是对方人多势众，所以可以任意驱遣。1935年6月28日致胡风信，颇幽默地说到周扬：“我本是常常出门的，不过近来知道了我们的元帅深居简出，只令别人出外奔跑，所以我也不如只在家里坐了。记得托尔斯泰的什么小说说过，小兵打仗，是不想到危险的，但一看见大将面前防弹的铁板，却就也想到了自己，心跳得不敢上前了。但如元帅以为生命价值，彼此不同，那我也无话可说，只好被打军棍。”鲁迅多次提到周扬们的“自私”，从这里出发，发展到对人的支配，不但支配他的同僚，下属，即所谓“小兵”的行动，而且支配他人，尤其是不驯者以致“假想敌”的命运，这是他所痛恨的。所以，在他去世前夕，起而为胡风等辩诬，就是为此。

《答徐懋庸并关于抗日统一战线问题》是鲁迅一生中最重要的文章。在这里，鲁迅给予周扬徐懋庸们以有力的还击，公开宣告决裂。这篇万字长文不但表明了鲁迅在统一战线问题的原则立场，澄清了一些基本事实，重申了关于抗日救亡这一特定时期的文学的观念，而且较为系统地体现了鲁迅的政治哲学。民族，国家，阶级，政党，主权，人权，人格，相关的问题都在论文中有所阐发，融合了政治学、文艺学、伦理学、心理学的内容。

由于重病缠身，几至于不起，这封公开信是由陕北刚刚返沪的中共代表冯雪峰起草的。但是，鲁迅做了重要的增改。最后增加的部分从“四条汉子”写起，这是继章士钊、陈西滢、“创造脸”、“西崽相”、“革命小贩”、“洋场恶少”等名词之后的又一个新名词，称指的是官僚主义，其实，它的意义无疑要丰富和深刻得多。“文化大革命中”，“革命新贵”利用这个名词，整肃不同派系的人物如周扬等又另当别论。但是，它所代表的当时党内的一种无原则的、专横的、诬陷的、“上纲上线”即鲁迅之所谓“锻炼周纳”的，尤其从修身上来打击异己的势力和倾向，如果从后来的历次政治运动所表现出来的“斗争”现象来看，是不失其“原型”的价值的。

文章写道：

> 去年的有一天，一位名人约我谈话了，到得那里，却见驶来了一辆汽车，从中跳出四条汉子：田汉，周起应，还有另两个，一律洋服，态度轩昂，说是特来通知我：胡风乃是内奸，官方派来的。我问凭据，则说是得自转向以

后的穆木天口中。转向者的言谈。到左联就奉为圣旨，这真使我口呆目瞪。再经几度问答之后，我的回答是：证据薄弱之极，我不相信！当时自然不欢而散，但后来也不再听人说胡风是“内奸”了。然而奇怪，此后的小报，每当攻击胡风时，便往往不免拉上我，或由我而涉及胡风……即使胡风不可信，但对我自己这人，我自己总还可以相信的，我就并没有经胡风向南京讲条件的事。因此，我倒明白了胡风鲠直，易于招怨，是可接近的，而对于周起应之类，轻易诬人的青年，反而怀疑以至憎恶起来了。……

还有，在中国近来已经视为平常，而其实不但“助长”，却正是“恶劣的倾向”的，是无凭无据，却加给对方一个很坏的恶名。例如徐懋庸的说胡风的“诈”，黄源的“谄”，就都是。田汉周起应们说胡风是“内奸”，终于不是，是因为他们发昏；并非胡风诈作“内奸”，其实不是，致使他们成为说谎。《社会日报》说胡风拉我转向，而至今不转，是撰稿者有意的诬陷；并非胡风诈作拉我，其实不拉，以致记者变了造谣。胡风并不“左得可爱”，但我以为他的私敌，却实在是“左得可怕”的。……

……首先应该扫荡的，倒是拉大旗作为虎皮，包着自己，去吓呼别人；小不如意，就倚势（！）定人罪名，而且重得可怕的横暴者。

对于“政治家”，鲁迅并不奢求什么东西，甚至开始便清楚地知道彼此处于“歧途”之中，是不可能进行合作的。然而，由于某种理想的诱惑，他已经误入由“政治家”所操纵的组织之中。对苏联，对左联，对“四条汉子”，不能说他不具有纪德式的清醒的眼光；但是不同的是，他是“局内人”而纪德是“局外人”。比较而言，局内人更需要理性和道德的力量。就像对待苏联问题一样，我们看到，对于左联，鲁迅也并不看重机构设置和工作制度之类，注重的仍然是人，是人的品质、人格、那为自己也为社会而不息地劳作所表现出来的诚实和热情。这是对于一个人，或一个团体的基本的要求，也是他一贯坚持的“思想革命”的根本性所在。所以，在左联，那些自称“指导家”者，表面上扮着“革命”的面孔，而轻易诬陷别人为“内奸”，为“反革命”，为“托派”，以至于“汉奸”者，以他的经验看来，大半不是“正路人”；因为他们格杀革命的民族的力量，而且手段巧妙，全然不顾革命的大众的利益，而只是借革命以营私，所以他有理由怀疑他们，不相信他们，甚至怀疑他们是否系敌人所派遣。倘使真的志在革命与民族，而不过心术不正当，观念不正确，方式蠢笨一点，也还是次要的。但他同时指出，革命者自行批判和改变，仍然是必要的。

以个人和组织相比较，鲁迅的确更多地看重个人的素质，但这并不意味着他根本无视集团的存在。毋宁说，他对严密的组织从来是怀有戒心的。柔石之死和瞿秋白的备受打击等等，无疑加深了他对组织这东西的不信任感，他后来与左联的疏离，除了来自周扬等的打击，与组织透过各种事件对他的干扰当不无关系。为了对付庞大的国家机器，对于集体的内在的渴求为斗争所唤醒，即便在这时，也没有像德国革命戏剧家布莱希特在戏剧《人就是人》中那样强调对集体的依赖。布莱希特对人的“战斗机器化”“像汽车那样被人改装”表示欣赏；集体对个人的灵魂所作的“机械性修补”，使他自觉获得了新的东西。这种态度后来虽然有所改变，但是，希莱希特仍然坚持认为，个人必须加入到集体中去，才能培养社会意识。这位戏剧作家在名为《辩证法戏剧》的笔记中写道：“个人的集合体”由于服从于集体的分配而失去其不可分割性，个人越来越被社会所支配，随之而来的社会的进展就绝不会考虑个人，不会因个人的干预受到影响，也不会由个人的消亡而结束。显然，其中同样包含了关于集体与个人关系的内在紧张。

在20世纪，集体与个人的关系问题，是最富于现代性的问题之一，也是迄今为止，最难解决的政治难题。但是，这个问题在许多被称为“布尔什维克化”的革命者和知识分子那里，似乎已经得到了解决。他们紧密地依靠集体，放弃所有的个人权利，尤其是思考的权利，宣称不倦地同个人主义作斗争。由于统一组织，统一思想和统一行动，忽略个体精神的特异性，几乎成为一种必然。鲁迅是重视个体和灵魂的。他对组织的相对的轻视，与他不在组织严密的集团内部大有关系。由于长期游离于集体之外，他对组织的霸权力量，尤其是负面的作用的经验感受不算太深。领导者的个人品质固然可以影响组织，而组织的规模及内部规制同样可以影响和改变个人。周扬成为左联的“元帅”，其中带有很大的偶然性，但应当看到，其个人的权力欲望和宗派心理与组织的某些特性具有相关性，可以设想，如果不是周扬，组织从内部产生的代表也很有可能与周扬趋同，从而充分体现集体的意志。任何权力者，都不可能违反权力运作的铁律。组织这东西，说到底是封闭的，具有仪式化、教条主义和集权主义的倾向，此外，本身还存在一个在国家和团体组织中间的地位问题。对于一个组织来说，如果它处在与国家对抗或完全一致，即极度危险或极度安全，而非公开竞争的境遇之下，内聚力会增强，排除异己的能力也会相对增大，而内部维护或反抗“统一”的斗争，也将日渐加剧，这是无法改变的。

关于知识分子，鲁迅首先看重的不是知识，而是理想、良知、改造社会的热情和参与实际斗争的勇气。他反对反智主义、蒙昧主义，更反对知识人利用知识，与权力结合而制造新的愚昧。从事启蒙工作，把自由、民主和科学的理念传递给社会，挑战强权，反对专制，教育大众，以改造落后的国民根性，使民魂得以发扬，这是为鲁迅所确立的知识分子的使命。

但是，他认为，真的知识分子，又必先使自己在社会运动中受到教育、批判和改造。唯其如此，才不致沦为精英主义，而能保持一种平民的其实也是民主的品格；同样地，知识分子也不能为多数庸众所挟持，从而保持人格的尊严、思想的独立和灵魂的自由。知识分子所受的教育是自我教育，所受的批判也是自我批判，所受的改造也是自我改造，而不是由外力所强加的压迫，不管这压力来自何方。《门外文谈》论文字改革，有一段关于知识分子的话，说得很好："由历史所指示，凡有改革，最初，总是觉悟的智识者的任务。但这些智识者，却必须有研究，能思索，有决断，而且有毅力。他也用权，却不是骗人，他利导，却并非迎合。他不看轻自己，以为是大家的戏子，也不看轻别人，当作自己的喽罗。他只是大众中的一个人，我想，这才可以做大众的事业。"

他呐喊，做"遵命文学"，寄希望于在反传统文化的斗争中崛起的现代知识分子集团。然而，这个集团很快出现分裂，有的高升，有的退隐，往日的战友在何处去了呢？新的战友又在哪里？这种境遇，曾经使他一度陷于彷徨。知识分子的分化成了必然的事情，他不能不面对而且接受这个残酷的事实。内战不是哪一个人制造出来的，它的引信，其实为社会所点燃，而战火至今不绝。鲁迅从打击现代评论派开始，一直把自己置于狙击政府在文化知识界的代言人的位置上，所谓"第三种人"，也都属于这一类的。然而，他不断遭到同人的打岔，以至不能不分神于这方面的斗争。许多所谓斗争在他看来是无聊的，但当他无法绕开时，只能极力发掘它的文化内涵，提高它的理论品位。对于自己的同代人，他是失望的，所以把希望寄托在青年一代身上。为了持续作战，他致力于培养新战士，那结果，在北京时有高长虹的一群，到了上海又有了左联的一群。他总结道："我与中国新文人相周旋者十余年，颇觉得以古怪者为多，而漂聚于上海者，实尤为古怪，造谣生事，害人卖友，几乎视若当然，而最可怕的是动辄要你生命。"关于革命文学家，他指出，本身有着一种容易犯到的病根，就是同时脚站两只船，一只是"革命"，一只是"文学"。当环境较好的时候，作者就在革命的船上踏得重一点，分明是革命者；待到革命受压时，则在文学的船上踏得重一点，他又变为不过是文学家了。在另一处，他又指出："革命文学者若不想以他的文学，助革命更加深化，展开，却借革命来推销他自己的'文学'，则革命高扬的时候，他正是狮子身中的害虫"，而革命一受难，就会以各种好看的名义，"走出阵线之外，好则沉默，坏就成为叭儿"。谈到左联的作家，他在信中说："我觉得文人的性质，是颇不好的，因为他智识思想，都较为复杂，而且处在可以东倒西歪的地位，所以坚定的人是不多的。"他指出，这批人"分裂，高谈，故作激烈"，其实是并不坚实的分子，压迫来了，就逃走了一批，有的竟至于反而卖消息去了。他还这样批评说："我看中国有许多智识分子，嘴里用各种学说和道理，来粉饰自己的行为，其实却只顾自己一个的便利和舒服，凡有被他遇见的，却用作生活的材料，一路吃过去，像白蚁一样，而遗留下来的，却只是一条排泄的粪。社会上这样的东西一多，社会是要糟的。”自私，动摇，投机，善变，一味空谈，不切实际，不愿意承担责任，甚至逃避责任。知识分子不但不能成为社会的良心、头脑和喉舌，反而成了繁殖细菌的脏物，到了左联后期，在他的观察中，情况尤其如此，被事实照出原形，一个个地拖出尾来。

1935年，鲁迅写了《在现代中国的孔夫子》，为“摩登圣人”造像。文章说：“孔夫子曾经计划过出色的治国的方法，但那都是为了治民众者，即权势者设想的方法，为民众本身的，却一点也没有。”中国现代知识分子如何？那些立志做政府的“诤臣”的人物如何？不同的是，孔夫子生前的运气并不好，做定了“摩登圣人”是死了以后的事；现代的人物则不但不曾吃苦头，而且声名显赫。在《中国文坛上的鬼魅》之后，鲁迅写了七篇题为“文人相轻”的文章，《“题未定”草》也写了九篇，都是关于知识分子的。其中，他揭露了文坛的种种病象，有名的如“西崽相”，等等。对于以各种鬼蜮伎俩掩盖文坛的昏暗的企图，他予以有力的抨击，一再强调知识分子内部斗争的重要性。在《七论“文人相轻”——两伤》中，他写道：“至于文人，则不但要以热烈的憎，向‘异己’者进攻，还得以热烈的憎，向‘死的说教者’抗战。在现在这‘可怜’

的时代，能杀才能生，能憎才能爱，能生与爱，才能文。”这样的话，在前后一段时间内，鲁迅不避重复地说过许多遍。大约他特别注意到，文坛的风气，一是力图消弭斗争，二是无原则的缠斗，打岔，不能生也不能爱，这样的斗争是只能引向死灭的。

对于周围的知识者，当鲁迅无所期待，以致憎恶起来的时候，最后只好返回自身。在《且介亭杂文末编》里，我们可以看到，在他去世的前几个月，战斗的意气更加健旺。这在学者看来，简直近于变态。他评价刘半农、章太炎，都是从战斗的方面加以总结的，呼唤的是战士之魂。他写作厉鬼复仇的女吊，说：“被压迫者即使没有报复的毒心，也决无被报复的恐惧，只有明明暗暗，吸血吃肉的凶手或其帮闲们，这才赠人以‘犯而勿校’或‘勿念旧恶’的格言，——我到今年，也愈加看透了这些人面东西的秘密。”他写猛兽猛禽，自然界伟美的壮观，说：“假使我的血肉该喂动物，我情愿喂狮虎鹰隼，却一点也不给癞皮狗们吃。”七论“文人相轻”，在最后一论里，他还说：“至于文人，则不但要以热烈的憎，向‘异己’者进攻，还得以热烈的憎，向‘死的说教者’抗战。在现在这‘可怜’的时代，能杀才能生，能憎才能爱，能生与爱，才能文。”周扬之流的来自内部的明枪暗箭，不绝的鞭扑，虽然使他受伤，但也使他保持了伟大的憎，成就了他的艰苦卓绝的战斗。这对于一个人，尤其是垂暮的自由战士来说，无论如何是悲壮的，残酷的。

在两次大病之间，鲁迅写下名篇《死》。大家都把它看作遗嘱，然而，世上有哪一份遗嘱如此燃烧着激越的情感，作为一位临终者，有谁竟如此地与他的怨敌缠斗不休的呢？其中写道：

> ……欧洲人临死时，往往有一种仪式，是请别人宽恕，自己也宽恕了别人。我的怨敌可谓多矣，倘有新式的人问起我来，怎么回答呢？我想了一想，决定的是：让他们怨恨去，我也一个都不宽恕。

当个人自由和社会正义遭到剥夺之后，唯有斗争赢来这一切；但当斗争也被迫中止的时候，唯靠斗争的渴望补偿这一切。

国家、民族、统一问题

“九一八”以后，日本侵略军迅速占领中国东北全境，华北五省相继发起“自治运动”，形势十分危急。蒋介石政府支持“攘外必先安内”的政策，对日采取不抵抗主义，集中兵力进攻苏区，以期尽早剿灭共产党及其他异己势力。但是，迫于国内舆论和国际政治的压力，蒋介石随后不得不改变策略，以民族英雄自命，利用“民族”和“抗日”的名义，将权力迅速集中起来，进一步巩固个人在全党、全国、全军的领袖和统帅地位，以致达到一生政治生涯中的权力巅峰状态。

共产国际和苏联极力遏制日本侵华战争的扩大化，“武装保卫苏联”成了流行一时的口号。在对华政策上，斯大林由于过高估计了蒋介石的个人作用和国民党政府的政治能量，因此虽然在意识形态方面与中共保持相当的一致性，但是，在政治、经济、军事等方面，则更多地给予国民党政府以援助。明显地，这是一种机会主义的立场。在共产国际第七次代表大会上，国际的主要负责人季米特洛夫作了题为《法西斯的进攻与共产国际的任务》的报告，为“统一战线”问题确立了基调。中共驻共产国际代表团以中国共产党的名义发表著名的《八一宣言》，要求停止内战，一致抗日，号召全国人民不分阶级，不分党派联合起来，组织国防政府和国防联军，以挽救民族危亡。从总的倾向看来，宣言体现了共产国际的意向和苏联斯大林的政策立场。影响到中国左翼文坛，则有周扬的“国防文学”口号的大力张扬，以及后来的解散左联等系列组织性行为的发生。

毛泽东坚持他在党内的独立路线，一面抵制共产国际的盲目指挥和“莫斯科派”的教条主义，一面挑战蒋介石政府的国家中心民族主义。1935年12月，中共中央政治局在陕北瓦窑堡举行会议。在这次会议上，重点讨论了关于民族统一战线、抗日联军和国防政府的问题，确定了“把国内战争同民族战争结合起来”的方针。会后，毛泽东即在党的活动分子会议上作报告，明确提出：统一战线的领导权，必须属于中国工人阶级及其政党——中国共产党。

冯雪峰是毛泽东路线的积极的支持者，他对毛泽东的个人思想和领导才能一直抱欣赏态度。当他作为中央的特派人员于1936年4月从陕北来到上海以后，根据从鲁迅、胡风等处获取的信息，决定在“国防文学”之外，另提一个新口号，以期在文化阵线上推行毛泽东的关于民族革命战争的独立自主的思想路线。经由他和胡风两人商议，并征得鲁迅的同意，新口号确定为“民族革命战争的大众文学”，由胡风撰文正式提了出来。

这时，鲁迅成了冯雪峰的统战对象。他极力争取鲁迅，使之成为一个“党外的布尔什维克”，为党所掌握的一种武器和力量。而鲁迅，以他的个人主义的立场，当然不会轻易地为别的个人和组织所利用，在他那里，始终有着清楚的限界。但是，就个人品质而言，冯雪峰是可信任的。正是在冯雪峰以及他的朋友柔石、瞿秋白等人的身上，感受到了中国共产党作为一个反对党的真实的存在。在国家、民族和统一战线问题上，鲁迅通过冯雪峰，对这个反对党的基本政策有了更为直接的了解，并且可以从中找到与自己的思想正相合榫的地方。在同这个跋涉过二万五千里烽火道路的年轻革命者相处的最后的日子里，整个气氛是融洽的，温暖的，多少令人慰藉的。在此期间，冯雪峰代替鲁迅起草了几篇重要的文稿；此外，在后来结集为《回忆鲁迅》的集子里，还记录了鲁迅不少的谈话片断。这些片断，成为寻绎鲁迅晚年思想变化的极为珍贵的线头。只是冯雪峰在阐释时，由于随处采取党派的、集体的立场，容易忽略鲁迅作为思想者个人的独特的思想价值，甚至出现不少不应有的曲解的地方。

关于国家、民族和人民，鲁迅的态度是一贯的。对“统一战线”问题的理解，其实是这一基本态度的延伸。个人不同于政党的地方就在这里。统一战线并不表现为一种策略，不会发生太大的变化。在鲁迅这里，有关权力者和无权者、压迫者和

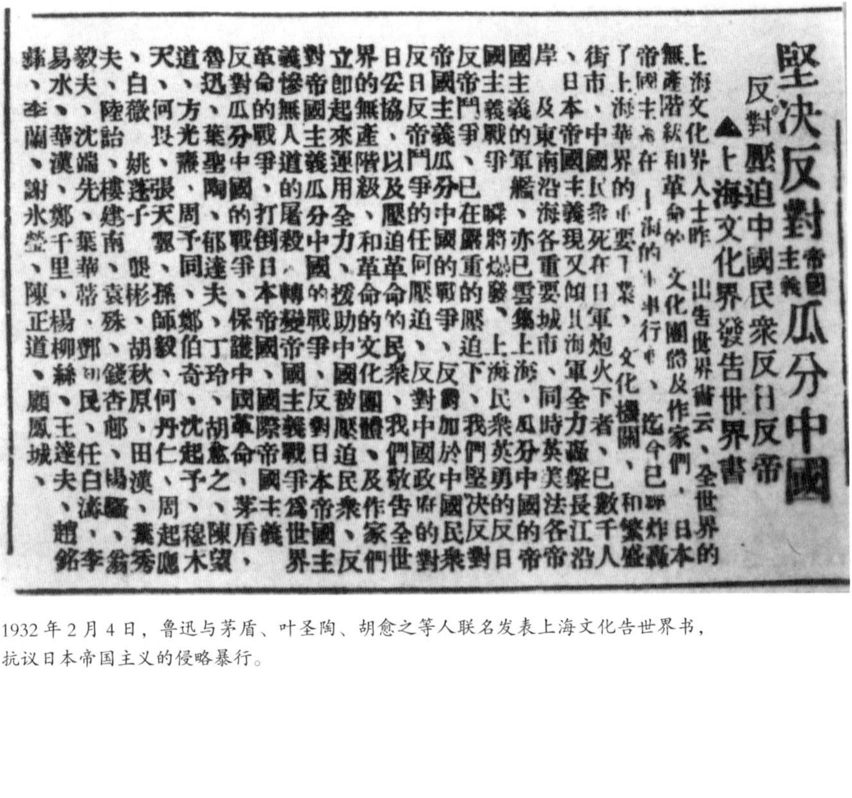

堅決反對帝國主義瓜分中國

反對壓迫中國民衆反日反帝

▲上海文化界發告世界書

1932年2月4日，鲁迅与茅盾、叶圣陶、胡愈之等人联名发表上海文化告世界书，抗议日本帝国主义的侵略暴行。

被压迫者互相对立的观点十分鲜明。他正是持这样的立场和观点看待国家和民族问题的。在他看来，日本就是两个日本，帝国主义者的日本与人民的日本，战争的日本与和平的日本。他相信，在日本和中国的人民之间，是一定会有互相了解的时候的，但是，目前在经受着前一个日本的侵略和奴役的情况下，则必须驳斥诸如“亲善”“提携”之类为不抵抗主义张目的论调，唯以坚决的抵抗，才能迎来后一个日本，也即中日民族平等共处的将来。同样的，中国也有两个中国：统治者的中国和大众的中国，保卫中国就是保卫后一个中国。鲁迅知道，中国的大众容易流于狭隘爱国主义，所以不忘一再提醒说：“即使那老师是我们的仇敌罢，我们也应该向他学习。”在救亡中，他支持启蒙工作，仍然宣传他的“拿来主义”，以及其他促进中国现代化的主张。他确信，一个自由开放，并为此不懈奋斗的民族是有前途的民族，只有封闭的民族注定要衰亡。由于鲁迅把国家和民族从中划分为上下两大层级，所以在民族与民族、国家与国家之间发生军事冲突的时候，他认定，上层完全有可能出现亲和现象。大量的事实表明，外来的侵略者和本国的压迫者是互相勾结的，他们共同出卖的是底层大众的利益。所谓战争，正如鲁迅所说：“好像戏台上的花脸和白脸打仗，谁输谁赢是早就在后台约定了的。”他常常把同族和异族的奴役者相提并论，有主子就有奴才，在一国之内如此，国与国之间同样如此。在批判“民族主义文学”时，他便指出：殖民政策是一定保护和养育流氓的。奴才一面依仗外国主子的暴力，一面利用他本国的传统之力，以除去“害群之马”，不安本分的“莠民”。“国府”除了卖国，“则不但依然能够镇压，而且依然能够诬陷，杀戮”。《漫与》记道：“九一八的纪念日，则华界但有囚车随着武装巡捕梭巡，这囚车并非‘意图’拘禁敌人或汉奸，而是专为‘意图乘机捣乱’的‘反动分子’所豫设的宝座。”致台静农信中，这样说到“一二·九”运动：“北平学生游行，所遭与前数次无异，闻之惨然”；又说到上海学生为声援北平学生游行而跪在国民党市政府门前请愿一事：“上海学生，则长跪于府前，此真教育之效，可羞甚于陨亡。”时值20世纪，在中国，帝制早已废除，而接受现代高等教育的学生居然要向政府下跪。不问而知，这又是历史的一种反刍，从本质上说，倒是与帝国主义的侵略没有大关系的。

国家问题成为民族主义理论的核心问题是可以理解的。伯林发现，通过军事征服，或某种非正义的压迫手段使一个民族受辱时，通常会造成民族主义的反应。他把这种反应称作“嫩枝弯曲”现象，意思是说，弯曲的嫩枝是会反弹回来的。因此，国家总是利用民族的集体创伤，激发民族主义情感，作为维持自身凝聚力的一种方式。在现代民族国家中，民族与国家两者很难从历史和地域的联系中断然分开；对于现代性发育不健全的、宗族观念根深蒂固的民族国家来说尤其如此。民族主义作为一种意识形态，大抵倾向于爱国主义宣传，却具有更大的盲目性、煽动性和有效性。它被赋予政治力量的各种主题，如民族解放、民族荣誉等，而为政府或别的政治运动所利用，借以动员民族成员的热情及调动众多的社会资源，以支持它们的具体目标。当民族处于危亡之际，民族主义特别有利于国家权力集团统治合法化，这是可以肯定的。

鲁迅对民族主义与国家行为的结合的危险性，表现出高度的警觉。他一直反对以“种族”“民族”的大概念掩盖国家内部的阶级对立和冲突，一再强调说国家的统治者是不能代表民族的，要看民族的筋骨和脊梁，只能看“地底下”。这有点像西哀耶士在法国大革命时期说的，“第三等级”便意味着民族。这是现代的民族观念，革命的民族观念。这种观念，明显是敌视现存的国家秩序的。在爱国主义的呼声日渐高涨之际，鲁迅及时揭露政府所宣扬的“岳飞式的奉旨不抵抗的忠”，对左联内部如何家槐等宣传统一战线，而把岳飞等当作“民族英雄”来鼓吹的做法，也作了批判和矫正。岳飞，作为中国历史上惯见的一个文化符号，代表的是有关国家与民族关系的陈腐的价值原则，对此颂扬还是批判？这着实是一个带根本性的问题。鲁迅把问题提了出来，并且加以颠覆；然而，他的声音并没有得到回应，完全被民族主义的噪音淹没了。

无论民族或国家，既然存在着压迫者和被压迫者，因此，必然同样存在着压迫者和被压迫者的不同的道德规范。压迫者指为被压迫者的不德，对于同类是恶，而对于压迫者却是道德的。这是事实，是鲁迅反复强调过的。所以，要讲“统一战线”，他认为只能是被压迫者的统一，民众的统一。当然，民众与大众的概念还可以扩大，但是无论如何不可能扩大到包容压迫者，因为本国本族的压迫者同外国外族的压迫者是一气的。从清党至今的众多青年民众的流血毙命的事实，足以支持这个判断。这段惨痛的历史不是可以轻易抛弃的，抛弃之后，必然招致更大的惨痛。这是鲁迅对于“统一战线”的意见的道德论基础。中国几千年是一个主权在君的国家，愚民政策的结果，使得民众从岳飞时代直到现在，都把“精忠报国”当成普遍的道德信条，何况现在又到了“还我河山”的时候。胡适——知识界的“胡羊”——明确地把中央政府看作国家的代表，说：“一个当国的政党的主张便成了一国的政策的依据，便是一国的公器。”问题是，包括知识界在内，“中国人现在是在发展着‘自欺力’”，简直无人察觉所在的是“党国”：“保卫祖国就是保卫党国。”这个严重的悖论，不能不使鲁迅意识到隐藏在“统一战线”中的危机：“中国的人民，是常用自己的血，去洗权力者的手，使他又变成洁净的人物的。”可是，除了这样的人民，抗战的希望又在哪里呢？

统一战线成了政治和军事实践中的一个中心问题。这个问题，不可避免地涉及对诸如国家、民族、党派以及民众的具体态度；对个人而言，则与基本的政治伦理观念有关。鲁迅通过赞同“民族革命战争的大众文学”的口号，以及对它所作的阐释，通过撰写的关于压迫者“忏悔者”和“奴隶”的大量文字，相当清楚地表达了个人对于统一战线中的联合和斗争的意见。这些意见，固然不同于周扬等“国防文学”派，其实与冯雪峰和胡风也并不完全相同。冯雪峰等注入新口号里的重要内容，是毛泽东的关于统一战线的领导权问题，而鲁迅所要强调的，则是国家主权或革命主权对人权的问题，这是很不一样的。他是彻底的人权主义者，他认为最迫切的问题是奴隶的解放，不管做同族的还是异族的奴隶，只要是奴隶，他说都不要做，要做的只能是“人”。

当胡风的文章挟带一个新口号发表以后，立刻遭到“国防文学”派的大规模的反击，著文的不但有徐懋庸、周扬等，连远在东京的郭沫若及左联支部也参与进来，加入反对新口号的阵列。两个口号之争不断升级，流言跟着起来，有的文章甚至把鲁迅和胡风拉到一起进行攻击。冯雪峰出于统战的考虑，一方面制止胡风写文章，一方面通过茅盾等人从中斡旋，劝告周扬等改变对鲁迅的态度，不要再散布说鲁迅“反对统一战线”之类的话；对于口号，则从原来的理论立场上后退，试图采取正确解释“国防文学”的办法，还提出两个口号并存之说。等到所有一切努力无济于事，攻势有增无已时，冯雪峰只好动员鲁迅亲自出面发表文章了。

可是，在鲁迅的《答托洛斯基派的信》和《论现在我们的文学运动》发表之后，问题非但不能解决，徐懋庸还给鲁迅写了一封信，用鲁迅的话说，是雄赳赳打上门来了。信里一副教训的口气，说是鲁迅近期的言行，“无意地助长着恶劣的倾向”，“对于现在的基本的政策没有了解”；说是“在目前的时候，到联合战线中提出左翼的口号来，是错误的，是危害联合战线的”；还说鲁迅“不看事而只看人”，“看人又看得不准”云云。鲁迅怒不可遏，无奈体力不支，无法立即复信，不得已只好仍由冯雪峰执笔，代替他草拟了一篇公开信模样的文章，但仍执意做了修改，又续写了最后部分才发了出去。

显然，冯雪峰在文中掺进了一些党派意识的东西，正如在个别事实方面也做了些假动作一样，譬如说口号曾经与茅盾商量过，即是这种情况；把《子夜》与《红楼梦》并列，把郭沫若置于举足轻重的地位，都是为了缓和矛盾而不惜违背鲁迅的原意的。在枝节问题上，鲁迅做了妥协。但是，对于新口号，他坚持在同国家、民族、统一战线问题相关的意义上，作了与个人一贯的对国家中心及制度化规则的批判相一致的激进的阐发。“大众”是相对于国家和政府的共同体，一个“非制度政治空间”。在这个空间里，没有规定的边界，没有官僚气味，没有与国家主权相关的任何官方地位。如果说领土边界构成为国家的主要依据，那么大众社会关心的，唯是边界内部的环境、生存、生活和生命自身，与“国防”所关注的维持边界不变的一种国家体系概念是不同的。鲁迅所以坚持大众的概念，是试图以多元消解一元，表明一种反制度的意向，为社会的自治、多数和差异而斗争。

鲁迅在新口号的阐释中体现的思想，既包含了社会主义的正义原则，也容纳了自由主义的权利观念。他的思想力量并非直接源于哪一种民主理论，而是来自大众乌托邦。所有的启蒙主义都有自己的乌托邦。由于大众在鲁迅那里带有双重性质，既是与国家相对立的实体，又是与现实相对立的幻象，所以对于现行制度和秩序逻辑特别富于毁坏的力量。倘若置身于既定的逻辑里看待鲁迅的言论，说他“破坏统一战线”，也不能完全怪罪于流言。因为在鲁迅看来，统一战线必须是在维护大众个人或社团权利的基础之上，并且在新的社会运动的实践之中建立起来的。然而，政府怎么可能容忍大众做主呢？这种构图，显然与主流理论相去甚远。

英文中的主权（sovereignty）一词，因其拉丁文的本意即最高权力，16世纪法国人博丹在《论共和国》一书中把主权定义为“国内绝对的和永久的权力”，不受法律限制的统治公民和臣民的最高权力。博丹的主权学说属中央集权国家主权学说，主权者是君主，被称为国际法奠基者的荷兰法学家格老秀斯也认为主权属于国家，主权是国家的最高统治权。卢梭等提出人民主权的思想，这是与国家主权相对立的。作为一个历史性的概念，主权一词在数百年间获得众多内涵，但不论是作为思想，或是作为制度，都同一种强制性力量有关。

对于主权的阐释，基本上分为国内和国际两大体系。在国际体系中，主权呈多极化、碎片化；但是在国内，所有的主权中心理论都认为，秩序、统一和政府是规范标准，现代国家干预社会生活的众多方面，在其主权管辖的范围内，通过各种组织和技术，将社会权力的政治、经济、军事和文化资源加以综合利用，实行强大的空间控制。主权成了国家的一种属性。主权国家的职能，即在公民与既定领土之间制定一种明确的、不可分的、永久的依存关系。这种以领土为特征的、包围式的关系，成为公民一致认定的或自我认同的核心。正因为这样，“爱国主义”也就成了国家主权理论的基本主题。霍布斯鲍姆指出：“宣扬爱国主义的政治口号，往往都是出自统治阶层与政府之手。”他解释说，由于现代国家以领土及公民为基础，因此必然时时将居民牵扯进国家事务当中，为他们描绘出一幅合理的有诱惑力的远景，这幅远景是独一无二的，是针对他们的生活而设计的，故也是命定的。完全以国家为基础的爱国主义，通常都具有强大的影响力，足够让人民与新成立的国家产生最基本的认同。在中华民国成立后，鲁迅著文反对“合群的爱国的自大”，就是反对这种基于国家主权意义上的爱国主义。“九一八”以后，鲁迅多次讽刺“爱国”的论调和行动，除去形式主义的种种，本质的问题也同中国长期沦为“党国”有关。这个国家已非中国人民所有，正如霍布斯鲍姆说的：“压迫这些下层阶级的，正是统治阶级和政府，而不是外国人。”20世纪政治意识或阶级意识的普遍觉醒，使世界各国劳工阶级和他们的知识分子都在重新定义“祖国”。其实，更早一些时候，如法国的雅各宾主义以及英国的宪章运动，在他们强调的爱国情操中，已经注入了人民主权的内容。

“主权”国家的主权权力是单一还是多元的？它在事实上是否真正代表了所谓“公民”的利益，而把保护公民作为它的唯一的或是重要的职能？若然如此，它是通过何种方式进行的？与霍布斯的专制主义观点相反，洛克认为，那种关于任何共同体的最高的或合法的权力想干什么就干什么，可以任意剥夺臣民的权利的主张，都是荒谬的。他抛弃了霍布斯的有关国家主权是最高强制权力的概念，相信政府只有在接受人民的信托，征得人民的同意时，才是合法的，有效的，强调主权最终属于人民。可以说，分散和限制国家权力是政治自由主义传统的基础，洛克拥护多数规则和代议制政府，这同后来的标榜自由主义的精英主义者还是很不相同的。鲁迅的“大众”观念，大体上符合传统自由主义的多数规则，但是这个多数，仅只是作为与政府少数官员相对立的全社会的代表或象征而存在的。离开这个前提，多数则未必是可靠的，甚至是可怖的，尤其在它已然形成某种绝对霸权的时候。作为立足于个人主义的自由主义者，鲁迅早在1907年的论文系列中，就着重论述了多数与少数，社会与个人的关系。至于代议制政府之类，与鲁迅的非制度化思想距离甚远，在与国家相关的问题上，毋宁说他更倾向于马克思主义或是无政府主义的激进观点。

马克思认为，在资本主义社会，国家至少代表了私有财产作为政治和精神的最高现实，不管它如何将自己扮作公众的“公共权力”的代表、主权的代表，说是保障社会的普遍利益，实际上是带有欺骗性的。在他的理论中，国家主权是与人民主权相对立的，国家高踞于社会之上，以它的特殊利益、官僚化的机制和运作过程成为社会的寄生虫。20世纪初，政治多元主义作为一种思想流派开始形成。这一理论认为，民族国家其实也是众多社会团体之一，并不具有权力的独立性，而其他团体，自然也不是由国家授权产生的，它们完全以独立于国家的地位而存在。国家能否超越其他团体而获得优先的地位，则应决定于它对于国民的在实质上而不是形式上是否具有代表性。30年代广有影响的英国社会主义者拉斯基坚决反对使用“国家主权”的概念，他认为，国家主权仅仅是其命令被国民接受的可能性，与其他如教会、工会等的权力无异。国家对公民的制约力，并非服从政府的法律义务，而是遵守社会正义的道德义务。在他看来，个人是人类行为的最高仲裁者；主权属于个人，而不是国家。与这样的政治哲学密切相关的现代宪法学说，无一不将所有秩序、法律和法令的道德渊源推向个人公民，而不是社会结构的某一个极点；它们强调的是，所有国家行为都不能违反基本人权。罗尔斯在设计他著名的“万民法”时，声称首要的步骤是为国内社会制订正义原则。这一原则，包括“军队不得用于对付自己的人民”，“有序的法治”等等，总之是为了限制国家的漫无限制的国内自主，即对国内人民随心所欲的权利。他说：“主权权力也为国家授予了一种自主权以对付自己的人民。按我的观点，这种自主权纯属谬误。”他同时指出：“人权的作用更其明显地联系着国家国内主权权利的变化，这乃是适当确定及限制政府国内主权势力的一个组成部分。”历史上进步的思想家一致主张对国家主权加以限制，不同的在于如何确定限制的主体。从卢梭到马克思，强调的是人民主体，是大众的权力，革命的权力，以人民的共同体代替国家的共同体。另一类是洛克以来的自由主义者，虽然在其内部存在一定的差异，但是，都同样强调公民个体的自由权利，即普遍人权。正义与自由，革命与人权，都是鲁迅所渴望争取的。“奴隶”这个词，在他那里，既是人民也是个人。在这两者之间，他始终表现出了一种内在的紧张，但是有一个交叉点是确定无疑的，就是否定国家主权。

专制政府及其帮凶常常以“维护主权”为名，行镇压人民之实。北洋军阀政府如此，国民党政府也如此。二战后，在纽伦堡审判战犯以及就个人责任展开的讨论中，被告及其辩护律师便动辄使用“维护主权”这个论据。此外，则以“服从”上级命令为罪责开脱。维护主权，在他们看来是完全不受法律约束的行为，显然，罪犯认为只要事关主权行为，便无人可能为此接受审判。阿伦特指出：“在国家行为定义背后的理论表明，主权政府在特殊情况下可以任意选择犯罪手段，因为其存在本身，或者是掌握的权力是至高无上的。”至于以“服从”为由，阿伦特认为同样是无效的。她说：“一旦我遵守国家的法律，实际上我就是支持其宪法。起义者和革命者之所以不服从，是因为他们已经承认宪法的无效而放弃了默许，以至公开站出来揭露事情的真相。”这些罪犯为什么会服从和支持犯罪政府的命令？说到底，问题仍然与国家主权有关。

对于一个有着悠久的专制传统的国家，一个实际上处于分裂状态的国家，一个遭到外族侵略而面临着亡国危险的国家，再没有比利用民族的归属感更为有效的方式，来动员国民效忠于自己的政府的了。在这里，国家与民族被主权打通了，也不妨说，它们结合成了一个“复合主权”。一个历史性的难题是：民族认同往往是通过国家来完成的，不是民族创造了国家或民族主义，而是国家和民族主义创造了民族。而鲁迅认同民族而拒斥国家，认同民族文化，却拒斥旨在维护国家主权的意识形态和政治秩序，这种态度，不能不使他在一个特定语境中陷入了言说的困难。只要抨击政府和国家主权，很容易被看作对民族的伤害，因此，他常常被一些“爱国者”和“忏悔者”加上“汉奸”“买办”“破坏统一战线”等罪名。那些攻击他的人，正是利用了他作为一个言说者的尴尬地位，实际上是事实本身的矛盾性。但也正由于他不能回避可能招致的风险，所以必须进一步揭露“爱国主义”——民族主义的代名词——的危险性和欺骗性。诚如霍布斯鲍姆所说：“只要有可能，国家和政权都会把握每一个机会，利用公民反对‘想象的共同体’的情感与象征，来加强国家爱国主义。”政府机器是庞大的，国家会利用手中的一切政治能源，如教育、传媒、组织效能，传播民族的意象与传统，向国民灌输应有的国家意识，要求国民认同国家、国旗，并将一切奉献给国家、国旗，而且经常地依靠霍布斯鲍姆所说的“发明传统”，乃至“发明民族”，以便达致国家整合的目的。如何可能阻拒焦虑不安的人群在共同抵御外侮的口号之下，团结到政府——“国防”的大旗之下呢？如何可能使他们在紧急的状况下，费力了解“国家享有内政的最高指导权”的涵义呢？如何可能向他们解释民族主义的根本效忠对象，已经不是“这个国家的原版”，而是经过政府改写后的版本，即由意识形态所建构起来的国家呢？这就需要在救亡中坚持启蒙，坚持常识普及，坚持“思想革命”。不然，从救亡到救亡，一切为了救亡，其结果只是救了政府。穆勒说：“在专制国家里，最多只有一个爱国者，就是专制君主自己。”所以，鲁迅必须对国家、民族、爱国主义、联合战线等概念作出新的解释和界定。

表面上看起来，鲁迅对“国防文学”的否定，以至同意以“民族革命战争的大众文学”的新口号取代之，颇有点小题大做，实际上是在事关重大的观念和理论问题上，给正统的一致性打进一个简易而有力的楔子。他有这样两段话，一段说：“要别人承认是人，总须在自己本国里先争得人格。”还有一段是说："用笔和舌，将沦为异族的奴隶之苦告诉大家，自然是不错的，但要十分小心，不可使大家得着这样的结论：'那么，到底还不如我们似的做自己人的奴隶好。'"做人还是做奴隶？做谁的奴隶？做奴隶有没有内外或上下等级之分？这是关于国家、民族的核心问题。启蒙工作在救亡中进行所以变得特别困难，还因为：一、虽然政府是有意识、有技巧地全面进行着将国家问题转化为民族问题的意识形态的制作工程，可是，民族情感这东西并不是政府直接制造出来的，而是现成的，非官方的，大众的，政府不过是挪用一下罢了。二、随着民族革命战争的到来，以国民大众为诉求对象的组织和势力毕竟愈来愈多，而政府的旨在加强国家统一和巩固现存秩序的理论、口号和命令，只要贴上"民族""国防"一类标签，许多所谓革命组织或群众团体便自动地代为推销了。"民族革命战争的大众文学"的口号之所以受到否决和围攻，就是因为其中的内容有碍"国防"的缘故。带根本性的问题被无聊的字面论争掩盖了，必要的批判性意见被"战友"看成"标新立异"，鲁迅的关于挑战国家主权而争取人权的思想并没有得到知识界的理解，更不用说"大众"了。然而，事实的无效性，并没有使他放弃他的自以为急迫的工作。萨伊德在说到知识分子的目的性时，曾经指出说："虽然国家处于紧急关头，知识分子为了确保社群生存的所作所为，仍然具有无可估量的价值。忠实于大众的生存之战，非但不会使知识分子因此失去或者削弱其批判意识，而且，由于这类超越生存的问题，将使之到达政治解放的层次，批判统治阶级，提供另类选择（这些另类选择在身边的主要战事中，经常被视为无关而被边缘化或置于不顾）。即使在被压迫者中，也有胜利者和失败者，因此，知识分子的忠诚必须是不限于随同加入的集团的行列前进的。”鲁迅超越——实际上是一种决裂——了他所在的左翼集团，而孤身深入到了无人可及的境地。

在理论上，或者可以说在想象上，鲁迅以为革命主权可以对抗国家主权，但当革命从组织内部构成最高权力，从而对个人的权利和尊严造成损害时，他一样不能接受。今天的革命主权如何转变为明天的国家主权，这是鲁迅的预见性，也可以说是危机感。他反抗“元帅”“工头”“奴隶总管”，以及批判性阐释“国防文学”口号，其真正的意义，仍在于对个人性的最高价值的阐扬。

1935年12月，紧接着《理水》，在一个月内一连写了三个小说：《采薇》《出关》《起死》。从一个聚光点看，这几个小说都涉及“统一”和“秩序”问题。《理水》除了文化学者、众多大员和群众代表的政治表演以外，最有意味的，是小说的结尾。因为禹治水成功，舜爷就下了一道特别的命令，叫百姓都学习禹，不然就算是犯罪：

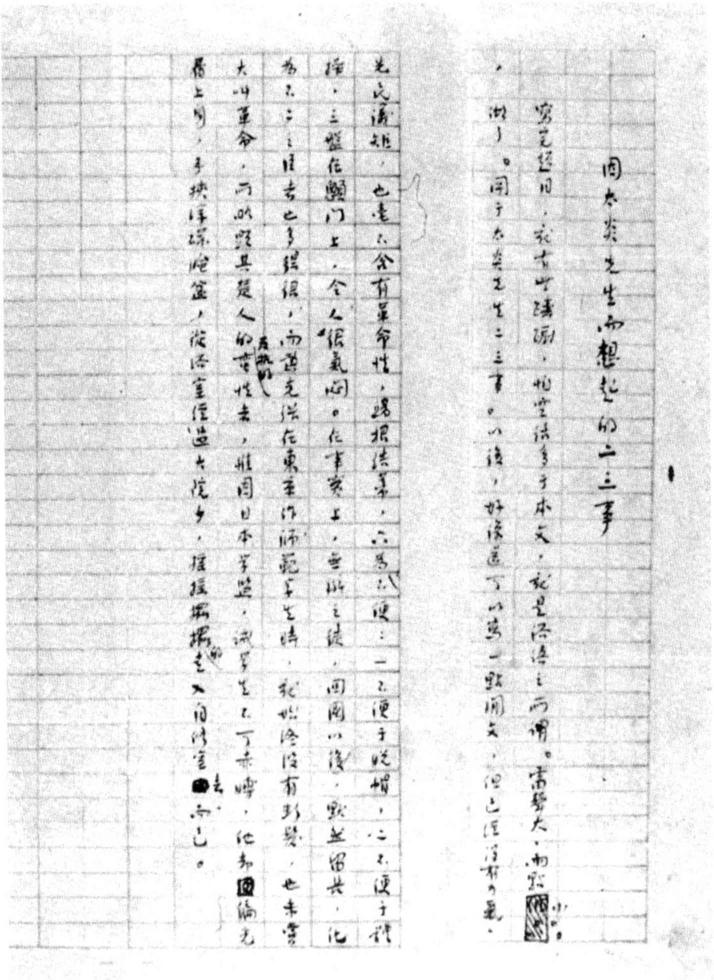

因太炎先生而想起的二三事

写完题目，就有些踌躇，怕空话多于本文，就是俗语之所谓“雷声大，雨点小”。

做完《关于太炎先生二三事》以后，好像还可以写一点闲文，但已经没有力气了。

[illegible]，也毫不含有革命性，归根结蒂，只为了不便：一不便于脱帽，二不便于体操，三盘在囟门上，令人很气闷。在事实上，无辫之徒，回国以后，默然留长，化为不二之臣者也多得很，而黄克强在东京作师范学生时，就始终没有断发，也未尝大叫革命，所略显其楚人的反抗的蛮性者，惟因日本学监，诫学生不可赤膊，他却偏光着上身，手挟洋磁面盆，从浴室经过大院子，摇摇摆摆的走入自修室去而已。

鲁迅一生中最后的未完文稿——《因太炎先生而想起的二三事》。1936 年 10 月 17 日写。

这使商家首先起了大恐慌。但幸而禹爷自从回京以后，态度也改变一点了：吃喝不考究，但做起祭祀和法事来，是阔绰的；衣服很随便，但上朝和拜客时候的穿着，是要漂亮的。所以市面仍旧不很受影响，不多久，商人们就又说禹爷的行为真该学，皋爷的新法令也很不错；终于太平到连百兽都会跳舞，凤凰也飞来凑热闹了。

美国学者卡尔·魏特夫称东方国家为“治水社会”，认为治水所需的权威、纪律和大协作，是东方专制主义的基础。鲁迅的小说叙述是一种巧合。禹在治水的过程中，方式是非传统的，作风也很平实；待到回京以后，情况明显地起了变化。他遭到了新的“包围”，这种由个人到法令制度的变化极其微妙，既是一种起始，也是一种过渡，总之，国家将又恢复从前的样子了。

在《采薇》里，孤竹君之子伯夷、叔齐因为不满国王“以臣弑君”，兄弟俩决计“不食周粟”，逃到华山里去采薇菜度日。他们的行为招致大批看客，包括首阳村的第一等高人小丙君，以及阿金之类的非议。小丙君评论道：“‘普天之下，莫非王土’，难道他们在吃的薇，不是我们圣上的吗！”阿金也几乎一式地问道：“‘普天之下，莫非王土’，你们在吃的薇，难道不是我们圣上的吗！”可见国家意识形态的普遍深入。两个坚守主义者听到这样一番“大一统”的论调以后，自觉无路可逃，最后只好一起饿死了事。

一切都属于国家，一切都可以“充公”，这是可怕的。《出关》里的老子，境遇十分奇特，既受优待，又被作贱，其实是颇受戏弄的。小说最后一段，写大家殷勤送走老子以后，关官关尹喜走进“公事房”，把老子的著作放在堆着“充公”的盐、胡麻、布、大豆、饽饽等类的架子上。恰好，他打发老子时，那些权当稿酬的饽饽，也一样装在一个充公的白布口袋里。

《起死》以内容固有的矛盾性，写成了一个短剧。庄子表面上是一个相对主义者，比如说：活就是死，死就是活，奴才也就是主人公，等等。可是，他能说不能行，本质上是一个秩序主义者。他身为“隐士”，却一心要见王者；以超脱自命，却备有警笛，遇到麻烦，即寻求官方庇护；斥人为“利己主义者”，自己倒是自私至极、虚伪透顶的反复小人。很明显，庄子是“第三种人”，以及平时并无联络而实精神相通的某类人物的讽刺性形象。

1935年以后，鲁迅为国家主权和革命主权问题所困扰。主权对人权的压迫，焦点在“统一战线”。所以，他坚决反抗那种试图利用主权，借“统一”之名而使任何个体尤其异端动弹不得的做法。他以为“统一”是有原则的，那就是“抗日”；在这一大的原则之下，则是民主化，众多团体与个体的平等兼容。“‘标新立异’也并不可怕。”他反对把“统一战线”当作国家主权的屏风，但也反对把它理解得过于狭窄，犹如“天罗地网”。

1936年在口号论争之外，鲁迅还在个体行动上，做了一个反对“统一”的“实验”。

随着左联的解散，周扬立即联络郑振铎、傅东华、茅盾等，着手筹备一个新的更为庞大的统一性组织。这个组织原先叫“中国作家协会”，后来改为“中国文艺家协会”，于6月7日正式成立。会上，宣读并通过了茅盾起草的宣言。冯雪峰曾经动员鲁迅加入，鲁迅拒绝了。但接着，他就支持并加入了别一个文艺家团体，一个没有正式成立，只留下一个名目和一份宣言的团体。

鲁迅从一开始就对周扬等从幕后指挥组织的作家协会不抱好感，并且预言它“一定小产”，因为在他看来，这个组织不像左联，“虽镇压，却还有些人剩在地底下”。这些作家在新的形势之下，认为排日等于造反，也就是说，他们已经放弃了对抗政府的左翼立场，“想由此走到地面上，而且入于交际社会”。鉴于往日给他的伤，他决计不拟加入，但是预料到，这样一来必将又构成一大罪状。事实果然如此。从他5月份致曹靖华、王冶秋等人的信中可以看出，他为此受到“大肆攻击”，说是“破坏国家大计”，甚至在集会上宣布他的“罪状”。他几次提到，作家协会的组织是与郑振铎、傅东华、茅盾有大关系的，是他们出面主持的“大家族”。从《译文》事件中，他早已见识了他们的自私、嫉妒、讲究策略的种种；此次积极响应周扬，乃至唱主角，在他看来，实际上是为了救《文学》，所以说：“但谁甘为此辈自私者所统一呢，要弄得一团糟的。近日大约又会有别的团体出现。我以为这是好的，令读者可以比较比较，情形就变化了。”

戏剧性的是，文艺家协会成立大会一致通过了致鲁迅的慰问信。有一些事情，大概永远也弄不清楚，譬如，何以会发明这种慰问信。在这里，鲁迅既是靶子，又是小偶像。也许主持人要以此证明，“统一战线”完好无缺，大会开成了团结的大会，胜利的大会，他们争取到了上头认为最值得争取的人物。在党内，鲁迅是否具有如此的分量？是哪一个人，或者哪一种因素赋予鲁迅以如此的重要性？

然而，鲁迅根本不屑于理会周扬们的表演，为了打破“正统”与“唯一”，在文艺家协会成立后一个星期，他已经在巴金和黎烈文起草的《中国文艺工作者宣言》上面作了修正，并且签名了。

中国文艺家协会根据会章，组织有着严格的规定，会员的会费、资历以致经济条件都是有限制的。协会设理事会，由理事会选出常务理事九人处理经常事务，理事会设总会、出版、调查、研究、联谊等五部，每部设正副主任各一人及干事若干人。茅盾是常务理事召集人，是可以统领整个协会的工作的。周扬、夏衍不在宣言上具名，宣言不提“国防文学”口号，都是事先经过导演安排的。整个组织庞大臃肿，机构重叠，仿效苏联的作家协会的模式，官僚化、制度化倾向十分明显。《中国文艺工作者宣言》则是没有团体的，化整为零，各自为战。而且，连会议也没有，宣言简直言而不宣，采用的是分头联系，说明原委，个别协商，征求签名的方式。两个宣言在字面上没有对立的意见，内容却颇有出入。《中国文艺家协会宣言》贯穿着“国防”的精神，而《中国文艺工作者宣言》则在“争取民族自由”的前提下，强调宣言者个体保持“各自固有的立场”，本着“原来坚定的信仰”，沿着“过去的路线”，加紧“从事文艺以来就早已开始了”的工作，其实说的是一个面上的多元多极的斗争。鲁迅说周扬们的“统一战线”是“吓成的战线”，那么，这个没有团体的团体所坚持的，则是自觉的战线，韧长的战线。对于文艺家协会，鲁迅说是“作不得战”，“就要消沉，或变化的”，真是一点不错。不到半年，随着大将茅盾离沪返乡，这个组织基本上也就无疾而终了。

《中国文艺工作者宣言》的一个很大的特点，就是去整体化，去中心化。宣言的草拟并未经特别的策划，作为发起人之一的鲁迅，对于组织内部的个体独立性，也即个人自由是很看重的，最后，甚至独立自由到根本不需要组织。他在给一个名叫时玳的文学青年写信，谈到这个宣言时说：

> 《文艺工作者宣言》不过是发表意见，并无组织或团体，宣言登出，事情就完，此后是各人自己的实践。有人赞成，自然很以为幸，不过并不用联络手段，有什么招揽扩大的野心，有人反对，那当然也是他们的自由，不问它怎么一回事。

正如怀特海说的：“自由纯粹是个人的事，绝不是共同的。所有的联合，宗教的或世俗的，都是社区性质或家族性质的。”在鲁迅看来，一个集体或组织所以值得存在，正是由于个人在其中能够按照自由意志采取行动，甚至更有利于这种行动，也就是说，集体或组织变成了表达和行使个人权利的手段。所谓革命主权，所以与国家主权不同者，就在于它与个人权利是合一的。如若不然，就是革命的异化，那结果有如萨杜恩神吞噬自己的孩子一般，以集体或组织的名义，吞噬其中的每个分子。

当鲁迅质疑“主权”与“统一”，拒绝压迫与利用，而选择自己的斗争方式时，他是那般从容自然。他做着所有这一切，根本用不着考虑自己是否会因此遭到孤立，进一步的谣诼与打击。他自知这是一个战斗者的运命，他不会逃避可能的艰险。这是他的信仰，也是他的意志。他必须保持内心生活的自由。当然，具体的历史条件也在一定程度上保证了他有选择的

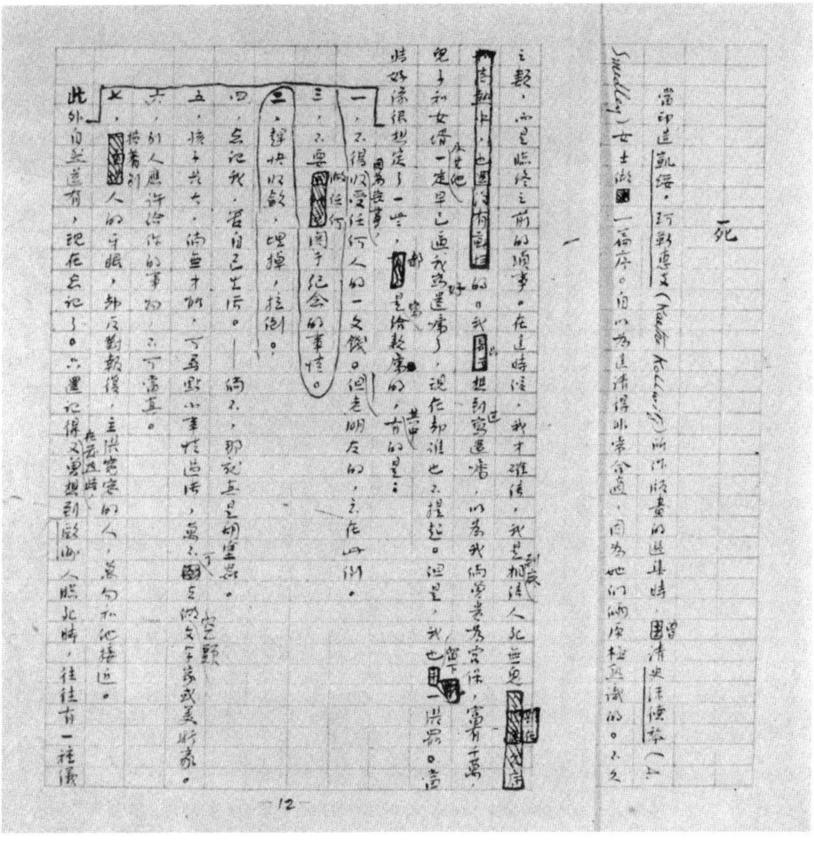

死

当印造凯绥·珂勒惠支(Kaethe Kollwitz)所作版画的选集时，曾请史沫德黎(A. Smedley)女士做一篇序。自以为这请得非常合适，因为她们俩原极熟识的。不久，

之类，而是临终之前的琐事。在这时候，我才确信，我是相信人死无鬼的。我只想到过写遗嘱，以为我倘曾贵为宫保，富有千万，儿子和女婿及其他一定早已逼我写好遗嘱了，现在却谁也不提起。但是，我也留下一张罢。当时好像很想定了一些，都是写给亲属的，其中有的是：

一，不得因为丧事，收受任何人的一文钱。——但老朋友的，不在此例。

二，赶快收敛，埋掉，拉倒。

三，不要做任何关于纪念的事情。

四，忘记我，管自己生活。——倘不，那就真是糊涂虫。

五，孩子长大，倘无才能，可寻点小事情过活，万不可去做空头文学家或美术家。

六，别人应许给你的事物，不可当真。

七，损着别人的牙眼，却反对报复，主张宽容的人，万勿和他接近。

此外自然还有，现在忘记了。只还记得在发热时，又曾想到欧洲人临死时，往往有一种仪

—12—

《死》手稿。1936年9月5日写。

自由。这时，周扬、茅盾等组织的中国文艺家协会毕竟是民间性质的；等到若干年以后，“六王毕，四海一”，在同样为他们所主持的中国作家协会里，结构就变得更加严整庞大了，或进或出，也都有了更为严格的规定。胡风作为一位知名作家，开始时也曾列名于中国作协，一旦成为“反革命分子”，作协立即把他从组织上剔除出去；后来获得“平反”，自然又重新成为作协中的一员。这叫做“恢复组织关系”。在这里，文学身份完全由政治身份所决定，它已然不能脱离组织而存在了。

然而，鲁迅已经来不及经历这些。在他所触及的系列重大问题上，留下的只是一个破折号，一个未完成式，一个有意义的起始。就一个人的一生所能完成的工作而言，却是画上了完整的句号了。

1936年10月19日，鲁迅病卒。

对于逝者，具体的时间是没有意义的，连意义也没有了意义。但是，对于活着的人们来说，记住这个逝去的年代并非多余。由此可以得知，唯有到了一场民族战争即将全面展开的危急的时刻，关于民族的联合和斗争两个对立方面的意义，才同时在同一个人的身上得到发掘和利用。这是一个反对民族主义的“土生子”，一个反对“爱国主义”的爱国者，一个反对传统文化的叛逆者，一个反对一切压迫和奴役的解放者，一个反对集体霸权的个人主义者，在他的灵柩之上，从此永久性地盖上了一面旗帜："民族魂。"

在救亡和革命的年代里，对于社会与人的阐释，往往化约为最简单的公式。于是，一个精神战士的启蒙价值，围绕他展开的社会的和阶级的关系网络，曾经发生于其中的许多由权力、知识、私欲引起的冲突，公开的和隐蔽的斗争故事，几乎从一开始，就遭到了主流意识的覆盖。

在鲁迅身后，对于他的多种颂赞和诅咒的出现，正如时间的喧哗一样自然。然而这一切，也都与逝者无关。即使现代中国从来未曾出现过鲁迅的名字，有原则的斗争和无原则的纠缠，一样会借助别样的文化符号进行下去。但是可以肯定的是，在亿万奴隶中间加进一个鲁迅，中国整个主权文化的构成格局是不一样的。这是一个比重很大的异类。他的特殊的品质，使许多观念性的东西在他那里凝聚为极端的思想，有力的思想，击破严密的历史和秩序之幕而使真实敞开。于是，人们从中有了许多发现，而最大的发现，就是作为人类自身生存的境遇，以及改变这境遇的战士态度。在他那里，一切神圣之物都在可毁坏之列，唯独保持的，是人类的自由、平等、独立与尊严。然而，人类的普通价值，在他的阐释系统中又恰恰采用了最为具体的、变异的、偏激的，甚至扭曲的形式，这难免要给权门或学院式人物以另行解说的方便；但是其核心的精神哲学，那是难以改变的。一部《鲁迅全集》，恰如现代中国的普罗米修斯之火。周围的世界，从来未曾因它的蔓延而发生燎原大火；它是属于灵魂的，光和热直接转化为个体的实践性而非群体的事件性。时间的迁流可以改变和抹杀世间的许多事物，但是，在人性深部点燃的火焰是不会熄灭的。它只是燃烧，燃烧，一次又一次地从覆盖中升腾起来，在黑暗和深寒中显示出初始的意义。

鲁迅在大陆新村公寓。1936 年 10 月 2 日

没有别的事情会比生活在自己的时代，但敢于公开反对其时代并大声说“不！”来得困难且需要个性。

——图科尔斯基

他所说的，即便是当他犯错误的时候，对我来说也几乎都是不可或缺的。让我换句话说：对我们——他的同时代人，都是不可或缺的。他激烈地经历我们这个时代的理想、斗争和悲剧，而别人则激烈地过着紧张的私人生活。他是一种良心和一种热情……

——奥塔维奥·帕斯

……因为他们沉默，我才将之传达。

——路德